纵横四季

——殷亭国诗词及书法作品集

殷亭国 著

西北工业大学出版社

西 安

图书在版编目（CIP）数据

纵横四季：殷亭国诗词及书法作品集 / 殷亭国著. — 西安：西北工业大学出版社，2023.1
ISBN 978-7-5612-8634-0

Ⅰ．①纵… Ⅱ．①殷… Ⅲ．①诗词-作品集-中国-当代 ②汉字-法书-作品集-中国-现代 Ⅳ．①I227 ②J292.28

中国国家版本馆CIP数据核字(2023)第042998号

ZONGHENG SIJI——YIN TINGGUO SHICI JI SHUFA ZUOPINJI
纵横四季——殷亭国诗词及书法作品集
殷亭国　著

| 责任编辑 | 隋秀娟 | 策划编辑 | 杨　军 |
| 责任校对 | 万灵芝 | 装帧设计 | 李　飞 |

出版发行：西北工业大学出版社
通信地址：西安市友谊西路127号　　邮编：710072
电　　话：(029) 88491757，88493844
网　　址：www.nwpup.com
印 刷 者：西安浩轩印务有限公司
开　　本：787 mm×1 092 mm　　1/16
印　　张：15.75
字　　数：242千字
版　　次：2023年1月第1版　　2023年1月第1次印刷
书　　号：ISBN 978-7-5612-8634-0
定　　价：173.00元

如有印装问题请与出版社联系调换

诗书同源写墨香

作为成长于改革开放时期的一代儒商，殷亭国最可贵的品质是坚持中国传统文化的传承，信守创新的文化理想，并把这种传承和理想融入自己的企业经营中去。

他出生于陕西乾县乾陵下一个普通农户人家。其父曾是一名教师，尤喜收藏线装书籍。那满满一书柜的文学作品，在那个信息和资源匮乏的年代是真正意义上的"奢侈品"，为殷亭国打下了文学修养的基础，加之其吃苦勤学、外朴内秀的性格，最终他以咸阳文科状元的身份考进了西北工业大学。他的知识构成和实践认知植根于西北工业大学的校训"公诚勇毅"：公为天下，报效祖国；诚实守信，襟怀坦荡；勇猛精进，敢为人先；毅然果决，坚韧不拔。他把向书本学习和走向社会、深入市场结合起来，自觉践行笃学敏行、创业报国的道路。

殷亭国性情温和，心地纯明，在创业过程中，始终以端正的为商理念，走企业经营的正道，并且不骛虚名，脚踏实地地沉潜探索，按照商业的规律研究商道，以开放的心境观照世界，以真诚的性情描绘人生。可以说，他像一位勤勉的建筑师，在每一件作品中都投以精工细匠，而这些由众多作品构成的企业硕果，则显现出其丰沛且自足的一方世界。

殷亭国自幼习武，初入大学便被选为校武协主席，于轻量级全国散打比赛中亦获得过第一的名次。在岁月的洗练与沉积之后，其在武学的造诣有了新的建树与突破。作为陈式太极拳的真传弟子，殷亭国将其文化理念融入拳法，在拳法中观照人与自然，感发和而不同，注重机巧与理法的相随，感受敦厚与平淡的生命力量。他创造出陈式太极新的程式，赋予了其鲜活的时代感，形成了独特的殷式风格。

和殷亭国接触，你很难感觉到他是一位成功的企业家和精研搏击及太极拳的武道修行者，这些气息之所以如此淡薄，也许是因其身上独有的文人气质。与其攀谈，你更会觉得他是一位静心倾听远古回音的虔诚者，在传统与现代融汇的时刻，他悉心感触文化的静穆，从容书写心底的传承。

读殷亭国的自书诗词集，如品佳酿，齿颊留香，悦于目，且赏于心。从字里行间可以品评出作者于书、于诗、于词，很是用了心思，下了功夫。观殷亭国诗集内容，感触有四，枢其要，以为述。

其一，用情以深。殷亭国于诗词一道，用情至深，日夜萦怀，尽心以赴，如布帛菽粟不可离。所谓"铁肩承情情更重，慧心铸业业犹酣""欢声喜气多情日，火树银枝不夜天""重情江湖云途远，骊歌角羽任疏狂""乾坤转换情犹在，纯真依旧映莲荷"。

其二，立魂以真。人无魂不立，诗词亦然。魂之所立，必在其真。殷亭国之诗词，以真为其铸魂，以善为其附灵，以美为其修饰，于是笔下营造出一方壮阔天地、瑰丽空间，若之"常叹岁月催人老，顾盼流光生怅然"的清泠，"期冀征途有雅趣，细思来路亦欣然"的高逸，"初心净守如润玉，百花谢尽有梅香"的超凡，"嫩草偷涂子虔画，寒苞暗弄伯牙琴"的脱俗。

其三，情境以雅。心境所到，则境界自出。殷亭国的诗，尤其是词，深得其中三昧。《临江仙·咏梅》："曾记阆苑初相见，青涩玉骨脱尘。枯枝梢头绽香纯。风中含羞笑，疑是洛河神。"其境如梦悠悠。《鹧鸪天·又到樱花烂漫时》："香雪盈醉似瑶池，霓裳羽衣斗芳姿。层层柔瓣艳潮起，簇簇琼枝云霞思。"其境如思绵绵。

其四，文辞以新。文辞贵在常新，殷亭国之于诗词，亦勤求其新于行间字里。古人有"两句三年得，一吟双泪流"的故事，殷亭国则"神思只劳诗卷上，年光任过酒杯中"。有了神思所属，自然就有了革故鼎新的妙笔生花。写天候，则有"梅犀飞谢存香气，杏花初绽漾馨痕"之温煦；写地理，则有"紫陌瑶台无俗客，红尘醒堂住仙家"之空灵；写物象，则有"帘开北牖倾朝雨，日落西峰隐晚霞"之生动；写人事，则有"怏然执笔难成句，愁眉长蹙未尽情"之沉郁。温煦、空灵也好，生动、沉郁也罢，都彰显了诗人别具匠心的独特人生风范。

情深、魂真、境雅、辞新之于诗词，便已显见作者修养之功力。

作者以自书诗词的方式与人分享生命的感动，无疑是最能打动人心的艺术形式之一。可以看出，殷亭国的书法结体奇峰兀立，实为"颜底魏面"。于书法一道，虽起步较迟，然其夙兴昧旦、洗濯磨淬，深得"颜褚"神韵：结字和笔法遒劲豪宕，又兼得点画的方圆和合之秀美，充分继承了颜体楷书结构停匀、舒展开阔的精髓；既得颜体外拓之形，又得绵里裹铁之意，体态豁达端庄，雍容大方。观其章法，贯注照应，疏密适当，笼盖全篇，无造作之感。这一切都使其自书的作品在内容以及形式上珠璧交辉、相得益彰，给人以独特之审美感受。可谓是"取法臻乎上，驰毫雅且新"。

大凡诗词歌赋者，抒发心境、描摹文化，其门易入，但要通达者，难也。书法一道，亦是高深，宁静之意，造化之奇，入门易矣，但要通达者，亦难也。然则殷亭国不仅精通商道，深研武道，还于文学艺术方面诗书双修，且各有机趣，难分轩轾，实在令人惊叹。

复观其饱满的创作成果，给人的感觉并非晶莹剔透，而是在浅尝即止的状况下都有余韵袅袅、欲罢不能的回味与回甘。像小丸茶珠，揉制得扎实紧密，看似微不足道，却能在壶中、口中，展为涛涛江湖。而每一丸，粒粒分明，却都枝叶连理，蔚为茂树，在心神联翩中潜泳、翱翔，轻盈又深刻。真可谓"字字有菩提，处处见珠玑"。闲时把卷读来，也会让人反复去品咂和叨念那股墨香余韵。

李伯钧

2022年10月1日

目 录

二〇一八

- 002　元旦自省
- 004　新岁初雪
- 004　小寒送流年
- 006　赠陈氏太极陈献忠恩师
- 006　终南冬吟
- 008　西京冬吟
- 008　昨晚友聚
- 010　西京又逢重霾
- 010　致丁酉大寒
- 012　腊冬吟
- 012　鹧鸪天·腊八
- 014　腊冬古城又降雪
- 014　腊冬雪景
- 016　腊冬又飞雪
- 018　腊冬十五夜蓝血月全食
- 018　南乡子·失眠
- 020　待春
- 020　除夕近
- 022　公司年会抒怀
- 024　鹧鸪天·年关近
- 024　今除夕
- 026　一七令·元日
- 026　雨水
- 028　鹧鸪天·正月初八感怀

028	正月初八感怀
030	春已到
030	随占
032	上元节抒怀
034	恭贺二学兄生日快乐
034	妇女节有感
036	鹧鸪天·听禅
036	植树节有感
038	悼霍金
038	二月一感怀
040	生辰抒怀
042	春分
042	待春讯
044	临江仙·犹闻卖花声
044	临江仙·清明祭家兄
046	樱花
048	鹧鸪天·又到樱花烂漫时
048	鹧鸪天·倒春寒
050	昨夜友聚感怀
050	梦回长安
052	忆雨巷
054	谷雨抒怀
056	"五一"劳动节
056	寄"五四"青年节
058	西京沙尘暴有感
058	南乡子·春雨抒怀
060	临江仙·献给母亲
060	家事烦
062	小满
062	本周友聚小结
064	悼念杨绛先生
064	现场记
066	忆童年
068	高考

068	又到世界杯感怀
070	端午抒怀
070	鹧鸪天·夏至
072	佛心
072	咏荷
074	鹧鸪天·世界杯德国队出局有感
074	听雨
076	酒后闲吟
076	练武有感
078	南乡子·雨夜感怀
078	南乡子·雨夜抒怀
080	初伏
080	伏日
082	俄世界杯
082	三伏忙
084	大暑有感
084	恭贺咸阳天祺酒店竣工
086	西京仲夏骤雨
088	伏中有感
088	伏夜偶感
090	柴门迎宾
090	立秋
092	骤雨撼长安
092	怨秋
094	七夕
094	敬迎尊神
096	鹧鸪天·处暑
096	戏说近日状态
098	工作日常
098	祭刘东仁兄
100	日常
100	教师节感恩吾师
102	时太匆
102	祭评书大师单田芳先生

104	南乡子·秋雨添残觞
104	惊台风"山竹"有感
106	秋感
106	自勉
108	中秋有感
108	仲秋有感
110	仲秋雨夜有感
110	国庆双节有感
112	悟太极有得
112	寒露
114	日常
114	为我母校西北工业大学八十华诞而作
116	南乡子·为母校
116	秋兴
118	重阳节抒怀
118	重阳
120	西安国际马拉松赛事有感
120	邀拳
122	霜降
122	步行上班有感
124	上海游学有感
124	上海游学感悟
126	早行
126	祭金庸大侠
128	破阵子·终南深秋抒怀
128	为犬子招贤纳才
130	鹧鸪天·立冬抒怀
130	鹧鸪天·冬临
132	鹧鸪天·观刘世天道长问道处有感
132	初冬遇霾有感
134	友聚
134	冬夜有感
136	小雪抒怀
136	帝京游学有感

138	黄龙锁苍天
138	遇扬尘有感
140	友聚
140	大雪涂鸦
142	国家公祭日有感
142	恭贺王丹、王凯结婚大喜
144	冷冬抒怀
144	冬至
146	改革开放四十周年感怀
146	西京降雪祭友

二〇一九

150	回首
150	小寒忧雾霾
152	送暖
152	鹧鸪天·腊八
154	戊戌大寒抒怀
154	岁末有感
156	年近
156	岁尾
158	赠尊敬的同事
158	腊月二十六
160	鹧鸪天·塞上友聚
160	除夕
162	猪年抒怀
162	正月初五
164	瑞雪迎新岁
164	戏说情人节
166	己亥西安"两会"有感
166	己亥元宵节
168	纪念对越自卫反击战四十周年
168	雨水
170	三秦春雨

170	惊蛰
172	咏杏花
172	悼念褚时健先生
174	生日自题
176	友病悟
176	临江仙·春分
178	巡案有感
178	清明近
180	祭救火英魂
180	寒食咏介子推
182	家事说
182	虞美人·谷雨
184	杞人悟
184	中国海军节抒怀
186	暮春夜思
186	劳动节抒怀
188	悟太极
188	立夏有感
190	敬母亲
192	沙尘暴
192	怀思鬼谷子
194	无题
194	小满
196	临江仙·夏雪
196	儿童节有感
198	悯杏农
198	芒种有感
200	端午祭屈原
200	半载小结
202	夏夜闲吟
202	致父亲
204	无题
204	己亥夏至
206	闲吟
206	热烈祝贺我党生日

208	小暑近况
208	周末闲吟
210	遇同窗有感
210	七夕之织女篇
212	七夕之牛郎篇
212	处暑
214	中秋感怀
214	西安市工商联企业家走进文理学院有感
216	秋分
218	七秩国庆节抒怀
220	为我的母校西工大而作
220	别秋
222	国庆大阅兵
224	霜降
226	临江仙·巷花影
226	小雪抒怀
228	秋日感恩
228	悦章
230	昨夜友聚
230	冬练
232	岁杪
232	临江仙·咏梅
234	颂党
234	周末开练

| 237 | 后记：澄怀观道　翰墨凝香 |

二〇一八

排律
元旦自省

浑浑噩噩又消磨，回首羞将旧事罗。
云烟屡蔽深情迹，心海频掀巨浪波。
懒散无为成绩少，优柔寡断困难多。
负约食言欠友朋，大诺小兑愧家国。
明眼不看天上月，浊眸难辨雪中鹅。
每每人生坎坷事，匆匆步履又因何？
凛风冽冰锻硬骨，韶华流光莫蹉跎。
元始此日浮曙色，笑对新岁唱欢歌。

渾渾噩噩又消磨，
首尾將舊事羅雲煙。
屢蔽深情迹心海頻，
掀巨浪波懶散無為，
成績少優柔寡斷困，
難多負約食言欠友，
朋大諾小兌愧家國。

明眼不看天上月濁，
眸難辨雪中鵝裊裊步，
人生因何凜風冽冰，
履又鍛硬骨韶華流光莫，
蹉跎元始此日浮曙，
色笑對新歲唱歡歌。

元旦自省
壬寅春於長安
亭國自拟自書

七律

新岁初雪

大野荒荒压铅云,琼片纷纷砌宇浑。
终南冰瀑寒崖悬,灞河古渡瘦柳沉。
园内径冷淹人迹,殿前草枯无鸟痕。
朔风敲窗何时尽,欲阻梅花不报春。

七律

小寒送流年

鹅雪飘飘荡终南,满目琼沙润小寒。
风越千岭透老骨,冰覆百城送轻眠。
又见幽径绽嫩梅,欢喜荷塘铺素毡。
天地纯洁成一色,新旧流年好翻篇。

新歲初雪

大野荒荒壓鉛雲，瓊片紛紛砌宇渾。終南冰瀑寒，崖懸灞河古。瘦柳沉園內，冷淹人跡殿。前草枯無鳥痕，朔風敲窗何時盡。欲阻梅花不報春。

壬寅冬於長安亮國自抒自書

小寒送流年

鵝雪飄飄蕩終南滿，目瓊沙潤小寒風越百。千嶺邈老骨冰覆徑，城送輕眠又見幽。綻嫩梅歡喜荷塘鋪，素毯天地純潔成一。色新舊流年好翻篇。

壬寅春於長安亮國自抒自書

七律

赠陈氏太极陈献忠恩师

紫气东来无定形，怀抱日月臻上乘。
刚柔虚实慧心度，阴阳顺化意灵封。
精妙太极蕴乾坤，福送人间纳仙风。
江湖磊落逍遥客，春秋长留宗师名。

七律

终南冬吟

寒风凛冽挂冰珠，摇曳瘦柳惊鹧鸪。
饮酒还须温酒暖，赏花更喜雪花敷。
茅庐淡饭粗茶有，旷野飞禽走兽无。
天地茫茫看不透，有人就会有江湖。

贈陳氏太極 陳獻忠恩師

紫氣東來無定形懷
抱日月臻上乘剛柔
虛實慧心度陰陽順
化意靈封精妙太極
蘊乾坤福送人間納
偃風江湖磊落道遙
客春秋長留宗師名

壬寅春於長安 享國自抄自書

終南冬吟

寒風凜冽挂冰珠搖
曳瘦柳驚鷓鴣飲酒
邐須溫酒暖賞花更
喜雪花敷茅廬淡飯
粗茶有曠野飛禽走
獸無天地蒼茫看丕
邃有人就會有江湖

壬寅春於長安 享國自抄自書

七律

西京冬吟

闲听暮鼓对晨钟,往事如烟梦里空。
汉家陵阙飘残照,沣镐皇台守旧宫。
雪泥寻遍留痕印,香客稀落少迹踪。
世上难分真和假,几人悟得色与空?

七律

昨晚友聚

缘若三生幻亦真,今世注定续凡尘。
沉浮故事听千载,冷暖知己唯几人?
我今懒问膏粱计,江湖风雨杯中斟。
为君赋得南山醉,沽来美酒待知音。

西京冬吟

閑聽暮鼓對晨鐘往事如煙夢裡空漢家陵闕飄殘照灃鎬皇臺守舊宮尋遍泥雪留痕印香客稀落跡蹤世上難真和假幾人悟得色與空

壬寅春於長安 亮國自擬自書

昨晚友聚

緣若三生幻亦真今世注定續凡塵沉浮故事聽千載冷暖知己唯羨山我今懶問膏粱計江湖得風雨杯中斟為君賦待南山醉沽來美酒待知音

壬寅春於長安 亮國自擬自書

七律

西京又逢重霾

浓霾遮空天不开,四面氤氲遍地埃。
径到凌霄移玉殿,相逢甜梦上仙台。
轻绕漫散行人醉,细看屏风断岭脉。
阶前扫叶添惆怅,缘何妖气又重来?

七律

致丁酉大寒

岁末年终到大寒,枝上梅香已暗传。
江湖混迹承一诺,平生勤勉履虚衔。
应忧陋巷无炉火,不碍长天挂云帆。
纵使浮云常变幻,此身从未负青衫。

濃霾遮空天不開，四面氤氳遍地埃，徑到凌霄移玉殿，相逢甜夢上僊臺，輕繞漫散行人醉，細看屏風斷嶺脈，何掃前葉添悵緣，妖氣又重來

西來又逢重霾
壬寅春於長安
亭國自抒自書

歲末年終到大寒枝，上梅香己暗傳江湖，濕迹承一諾平生勤，勉履虛衡應憂陋巷，無爐火不礙長天挂，雲帆縱使浮雲常變，幻此身後未負青衫

致丁酉大寒
壬寅春於長安
亭國自抒自書

七律
腊冬吟

腊月西风扫苍山,柴门拒客暮色残。
百花皆葬渭水滨,寒雪静观曲池边。
浓雾迷蒙终南外,厚霾飘渺街巷间。
凭栏横笔写流光,清句成文送旧年。

鹧鸪天·腊八

六花纷飞窗满霜,五谷斑斓佛粥香。
炎黄民俗承千古,行善积德传万祥。
情缱绻,味芬芳。声声祝愿福分长。
深冬难阻年关近,盛世佳节社稷康。

注:六花,指雪花。

腊冬吟

腊月西风扫苍山，柴门拒客暮色残。百花皆葬渭水滨，寒雪静观曲池边，浓雾迷蒙终南外，厚霭飘渺街流。巷间凭栏横笔写旧年，清句成文送光阴。

鹧鸪天·腊八

山花纷飞窗满霜，五谷斑斓佛粥香。炙黄民俗承千古，行善积德传万祥，情缱绻，味芳芬。冬声声祝愿福分，长深佳节难阻年关近，盛世社稷康。

七律

腊冬古城又降雪

天地清寒压铅云,琼花奉旨下凡尘。
山松鬓老难寻翠,小鹊衣乌尽染银。
萧瑟终南铺玉毯,寂寞灞柳吻雪莼。
愁肠不与芳菲近,幸得梅香慰藉人。

七律

腊冬雪景

年年此季望飞飘,白羽敲窗自逍遥。
放眼终南云化鹤,挥笔素笺墨成妖。
阴尽阳生随缘渡,石瘦山空任雪雕。
孤舟汀岸方入画,又梦嫩柳一条条。

朦胧冬古城又降雪

天地清寒压铅云琼
花奉旨下凡尘山松
鬓老难寻翠小鹊衣
乌尽染银萧瑟终南
铺玉毯寂寞濡柳吻
雪筑愁肠不兴芳菲
近幸得梅香慰藉人

壬寅春於长安 亭国自抄自书

朦胧冬雪景

年年此季望飞飘白
羽敲窗自道遥放眼
终南云化鹤挥笔素
笺墨成妖阴尽阳生
随缘渡石瘦山空任
雪雕孤舟汀岸方入
画又梦嫩柳一条条

壬寅春於长安 亭国自抄自书

排律

腊冬又飞雪

西京飞雪润窗轩，玉屑银粟舞正酣。
野陌新枝摇几处，终南残暮起苍烟。
钟鼓楼前怜楚客，下马陵上看长安。
万点清愁拈不尽，满城琼沙除应难。
长忧民生摧头白，细嚼暖凉到齿寒。
奇象奇观时一遇，无香无色茶后谈。
雪中送炭古来少，六花却使冬春衔。

注：1.下马陵，位于西安市和平门附近。
　　2.飞雪、银粟、琼沙、六花均为雪花的别称。

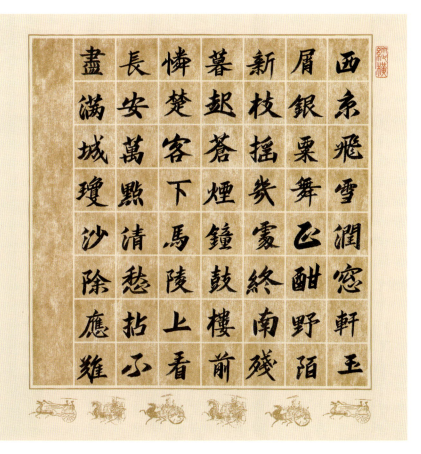

西京飛雪潤窗軒玉屑銀粟舞正酣野陌新枝搖撼霧終南殘暮趁客下馬鐘鼓樓前憐楚客下馬陵上看長安萬點清愁拈不盡滿城瓊沙除應難

長憂民生摧頭白細嚼暖涼到齒寒奇象奇觀時一遇無香無色茶後談雪中送炭古來少六花御使冬春街

臘冬又飛雪
壬寅春於長安
亭國自擬自書

七律
腊冬十五夜蓝血月全食

玉兔幻色巡长天，红蓝映夜各自妍。
浮光奇景绝俗味，清辉孤影真堪怜。
人间有矩生禅境，天象无形书妙篇。
冰蟾穹隆抚锦瑟，今宵梦里共婵娟。

南乡子·失眠

　　腊冬即年关，万缕霜厚凝深寒。楼上飞星兼斗柄，将阑，尚有更漏随恨残。
　　点鼓数无眠，步下幽阶独倚栏。却见孤清天上月，正圆，与梦今宵俱不全。

臘冬十五夜藍血月全食

玉兔幻色巡長天紅
藍映夜各自妍浮光
奇景絕俗味清輝孤
影真堪憐人間有矩
生禪境冰天象無形出
妙篇冰蟾穹隆撫錦
瑟今宵夢里共嬋娟

壬寅春於長安喜國自抄自書

南鄉子 失眠

臘冬即年關萬縷霜
厚凝深寒樓上飛星
薰斗柄將闌尚有更
漏隨恨殘點鼓數無
眠步下幽階獨倚欄
卻見孤清天上月不
圓與夢今宵俱不全

壬寅春於長安喜國自抄自書

七律

待春

入夜闲风绕小楼,暮烟澹澹满荒畴。
流尘依旧枝头落,世味何曾笔下收。
清酒任斟迎岁首,俗诗横写待年头。
云飞天外月犹在,夙愿何时得厚酬。

七律

除夕近

除夕渐近锣鼓催,梅树枝上起新蕾。
满城华影先穷瑞,双鬓乌丝已尽颓。
钟楼鼓楼相作伴,晨风暮雨月来陪。
归途何必步履匆,羁旅徒留黄沙堆。

入夜閒風繞小樓暮
煙澹澹滿荒疇浣塵
依舊枝頭落世味何
曾筆下收清酒任橫寫
迎歲首俗詩待
年頭雲飛天外月猶
在風顏何時得厚酬

待春

壬寅秋於長安
寧國自抄自書

除夕漸近鑼鼓催梅
樹枝上趂新蕾滿城
華影先窮瑞雙鬟烏
絲已盡顏鐘樓鼓樓
相作伴晨風暮雨月
來陪歸途何必步履
匆羈旅徒留黃沙堆

除夕近

壬寅春於長安
寧國自抄自書

排律

公司年会抒怀

玉犬临门腊冬天,红梅嘉庆节周旋。
人逢岁末迎新运,物润东风胜去年。
不信繁华能永夜,常存浩然拒外番。
心事三千君莫问,负重十万江湖山。
铁肩承情情益重,慧心铸业业犹酣。
纵观流光当催老,难改纯真该驻颜。
胸怀壮志涵广野,笔泼浓墨书长川。
淡看霓裳烟霞落,路指云崖更着鞭。

注:外番,指外来之干扰、破坏等不利因素。

玉犬臨門臘冬天紅
梅嘉慶節周旋人逢
歲末迎新運物潤東
風勝去年承信繁華
能永夜常存浩然拒
外番心事三千君莫
問負重十萬江湖山

鐵肩承情情益重慧
心鑄業業猶酣縱觀
流光當催老雖改純
真該駐顏胸懷壯志
涵廣野當筆漉濃墨
長川淡看霓裳煙霞
落路指雲崖更著鞭

公司年會抒懷
壬寅春於長安
喜國自抄自書

鹧鸪天·年关近

腊月年近五味陈,浊酒清汤举樽频。
愿随幽梦朝天阙,无奈好运隔重门。
观红尘,醉纷纷。青颜怎会百年新。
浮生难得开怀笑,莫问账册余几文。

七律
今除夕

释怀静在享除夕,梦醉方知酒后痴。
久处红尘寻甘露,已无俗事懒梳理。
封关暂闭营谋案,福送休问花月诗。
新岁依例远宵小,只愿丹心挂桂枝。

鷓鴣天 年關近

臘月年近五味陳 濁酒清湯舉樽頻 愿隨幽夢朝天闕 無奈好運隔重門 觀紅塵 醉紛紛 青顏怎會百年新 浮生難得開懷笑 莫問賬冊餘幾文

壬寅春於長安 亭國自抄自書

今除夕

釋懷靜在享除夕 夢醉方知酒後痴 久無俗事懶案梳 理封閉紅塵尋甘露 已營謀福送例問 花月詩新歲依遠寶 小只顧丹心挂桂枝

壬寅春於長安 亭國自抄自書

一七令·元日

年

冬去，春还。

灯旖旎，彩斑斓。

西京城暖，街巷声喧。

迎新辞旧岁，送福报平安。

友朋共相会聚，亲人同贺团圆。

喜乐绵绵吉祥日，火树银花不夜天。

七律
雨水

别过旧岁换秀身，万家灯火一番新。

梅凭雨水横浅溪，柳借东风效西颦。

造物随心能转物，阳春有脚渐回春。

莫道羌笛声声怨，江南塞外色不均。

一七令·元日

年冬去春還燈嬌旎
彩斑斕西京城暖街
巷聲喧迎新辭舊歲
送福報平安友朋共
相會聚親人同賀團
圓喜樂綿綿吉祥日
火樹銀花不夜天

壬寅春於長安 亭國自抄自書

雨水

別過舊歲換秀身萬
家燈火一番新梅憑
雨水橫淺溪柳借東
風效西輦造物隨心
能轉物陽春有腳漸
回春莫道羌笛聲聲
怨江南塞外色不均

壬寅春於長安 亭國自抄自書

鹧鸪天·正月初八感怀

时光流转逐日新,西京闹春正纷纷。
心中热血生豪气,衣上征尘杂酒痕。
坚似玉,节如筠,铁肩担道守本真。
厉兵秣马文韬广,风雨路途任晨昏。

七律
正月初八感怀

顶盔贯甲裹丹魂,戎衣新作少年人。
但对江山抒胸臆,莫问今生赢几轮。
千里旌旗飘北塞,合队刀戈横东滨。
春风自信乘快马,目极长天谒阊门。

鹧鸪天 正月初八感怀

时光流转逐日新 西京闲春正纷纷 心中热血生豪气 似玉上纪尘 杂酒瘾坚 如筑铁肩担道守本 真厉兵秣马攵韬广 风雨路途任晨昏

壬寅春於长安 亭国自抄自书

正月初八感怀

顶盔贯甲裹丹魂戍 衣新作少年人但对 江山抒胸臆莫问今 生赢得轮千里旌旗 飘北塞合队刀戈横 东滨春风自信乘快 马目极长天褐阔门

壬寅夏於长安 亭国自抄自书

七律
春已到

又见春风拂柳枝,双飞燕子却来迟。
路边嫩芽含苞待,枝上梅花忍别离。
总说仲春春色好,该破开局局棋迷。
花开花谢随心赏,莫问花期是几时。

七律
随占

岁月沧桑未失真,流年无恙不沾尘。
东风笑慰酒中客,云水嘲讽自在人。
岁岁年年虽相似,年年岁岁有更新。
子期去后念千载,谁奢人间有知音?

又见春风拂柳枝双飞燕子邻来迟路边花嫩芽舍苞待枝上梅花忍别离总说仲春春色好该破开开眉局棋逐花开花谢随心赏莫问花期是几时

春已到

王寅夏于长安
亭国自抄自书

岁月沧桑未失真流年无恙不沾尘东风笑慰酒中客云水啸飒自在人岁岁年年雖相似年年岁岁有更新子期去后念千载维奢人间有知音

随占

王寅夏于长安
亭国自抄自书

排律

上元节抒怀

火树银花惊柳眠,上元明月到中天。
月笑我愁人间事,我念月上桂中仙。
五秩有序迎新岁,一魂无憾藉婵娟。
纵观流年当催老,不改纯真似少年。
旖旎愿景依踵后,逶迤山水入眸前。
淡看霓裳烟霞落,路指云崖更着鞭。
览尽沧桑痴初心,登高望远梦将圆。
胸涵壮志怀广野,金戈铁马越重关。

火樹銀花驚柳眠上
元明月到中天月笑
我慈人間事我念月
上桂中儂五秩我有
迎新歲一魂無憾藉
嬋娟縱觀流年當催
老不改純真似少年

簫旋顧景依暉後邊
逸山水入眸前淡看
霓裳著煙霞落路指滄雲
崖更著鞭覽盡滄桑
癡初心登高望達廣
特圓胸涵壯志懷廣
野金戈鐵馬越重關

上元節抒懷 壬寅夏於長安
亭國自抄自書

七律

恭贺二学兄生日快乐

韶华绵绵舞缤纷，渭水浩荡三千春。
凌云壮志夫子道，店家小二锦绣身。
经天纬地非常味，文韬武略不俗人。
鬓间星霜萦紫气，肝胆依旧照昆仑！

七律

妇女节有感

芳香妩媚度华年，甘涩育后孕尘寰。
德崇天地苍灵首，勤俭孝和美家园。
巾帼英姿靓江海，古今中外艳淑贤。
凤舞山河衍大爱，功勋撑透半边天。

恭祝二学兄生日快乐

韶华绵绵舞缤纷纷渭
水浩荡三千春凌云
壮志夫子道启家小
二锦绣身经天纬地
非常味义韬武略不
俗人艺间星霜荣紫
气肝胆依旧照昆仑

壬寅夏英长安
亮国自拟自书

妇女节有感

芳香娇媚度华年甘
涩育后孕尘寰德崇
天地苍灵首勤俭孝
和美家园巾帼英婆
靓江海古今中外艳
淑贤凤舞山河衍
爱功勋撑起半边天

壬寅夏于长安
亮国自拟自书

鹧鸪天·听禅

月挂禅灯照九重,婆娑瘦柳影朦胧。
坛经点悟如尊座,紫竹摇枝似落鸿。
冬白雪,夏梧桐。红尘入定也从容。
遥天何处无风雨,料得云开现卧龙。

七律
植树节有感

号令千军动如山,美化西京胜阆苑。
树树森森飘碧韵,花花灿灿亮朱颜。
莺歌燕舞自在舞,绿水青山金银山。
今朝辛苦究何意?绿伞他年庇后贤。

鷓鴣天聽禪

月挂禪燈照九重婆
娑瘦柳影朦朧壇徑
點悟如尊座紫竹搖
枝似落鴻冬白雪夏
梧桐紅塵入空也從
容得遙天何處無風雨
料雲開現臥龍

王寅夏於長安
亭閣自抄自書

植樹節有感

號令千軍動如山義
化西東勝閬苑樹樹
森森飄碧韻花花燦
燦亮朱顏鶯歌燕舞
自在舞綠水青山金
銀山今朝辛苦究何
意綠傘他年庇後賢

王寅夏於長安
亭閣自抄自書

七律

悼霍金

胸怀宇宙演星辰,亿万光年指畔痕。
莫叹残躯虽病重,须惊妙想已通神。
先留简史传奇著,复引迷航大道存。
载誉登仙天下念,不知此后继何人?

七律

二月一感怀

缁尘掸去到生辰,新旧流转物华新。
水云行脚疑前世,风露因缘降此身。
久经商旅随造化,谋营江湖感吾真。
如如心在红尘地,我是菩提叶上人。

悼霍金

胸懷宇宙演星辰億萬光年指呼痕莫驚歎
殘軀雖病重須留簡史
想已通神先迷航引天下
傳奇著譽復登僊
道存載譽登僊
念不知此後繼何人

壬寅夏於長安 亭國自抄自書

二月一感懷

緇塵撐去到生辰新
舊流轉物華新水雲
行腳疑前世風露因
緣降此身久經商旅
隨造化謀營江湖感
吾真如如心在紅塵
地我是菩提榮上人

壬寅夏於長安 亭國自抄自書

排律

生辰抒怀

忘却华年夜点烛,回首前尘脚下虚。
癫狂勤做糊涂事,厚道常叹自弗如。
鱼在深潭求化龙,刀于匣内待时出。
胸藏泓志除俗务,心纳雄奇蕴蓝图。
求田问舍避宵小,枯荣成败堪沉浮。
修悟大道充豪杰,汩没微身存傲骨。
直面江天风雨路,手执巨斧开坦途。
单骑纵横九万里,双剑击穿四十都。

务时采欢勤首忘
心出化自糊前御
纳胸龙弗涂尘华
雄藏刀如事脚年
奇泓于鱼厚下夜
蕴志匣在道虚点
蓝除内深常癫烛
图俗待潭　狂回

里坦风身大荣永
双途雨存道成田
剑单路傲克败问
击骑手骨豪堪舍
穿纵执直杰沉避
回横巨面泪浮宵
十九斧江没偏小
都万开天微悟枯

生辰抒怀

壬寅夏于长安
亭国自抒自书

七律

春分

春立枝头已半分,雨润草长阡陌深。
梅犀飞谢存香气,杏花初绽漾馨痕。
童子撒欢放纸鸢,农夫辛苦忙耕耘。
劝君绸缪须及早,光阴不恋等闲人。

七律

待春讯

以梦为马行路难,置身夹缝又何言。
碧天澄净如当日,草木葳蕤似旧年。
昨晚酒醉词客倦,今晨花艳桃园繁。
期待佳讯从北至,六载惴惴心未安。

春夕

春立枝頭已半分,雨潤草長阡陌深,梅犀飛謝存馨香,氣杏花初綻漾鶯農夫,辛苦歡敖紙勸君綢繆須及,耕耘早光陰不憨等閒人

王寅夏於長安
京國自扡自書

待春汛

以夢為馬行路難置,身夫逢又何言碧天,澄淨如當日草木葳,蕤似舊年昨晚酒醉,詞客倦今晨花艷桃,園繁期待佳訊從北,至六載惴惴心未安

王寅春於長安
京國自扡自書

临江仙·犹闻卖花声

西京三月春已盛,花满街巷满瞳。杜宇啼归柳梢青。呢喃双燕子,夜夜守天明。

忽觉一宵雨打灯,人间有梦倾城。帘卷往事风不定。玉管声声醉,犹闻卖花声。

临江仙·清明祭家兄

英魂更添凉意,凝眸又是清明。东风缕缕润芽青。迷离杨柳岸,缥缈墨云屏。

谁个痛彻心扉,谁怜高堂孤影。离雨淋身慢步行。坟上培新土,眼眶泪充盈。

临江仙·犹闻卖花声

西京三月春已盛，花满街巷满瞳杜宇，啼归柳梢青呢喃。双燕子夜夜守天明，忽觉一宵雨打灯，人间有梦倾城，篱捲往事风不定，卖玉管声声醉犹闻卖花声

壬寅秋于长安 季国自书自著

临江仙·清明祭家兄

英魂更添凉意凝，眸又是清明东风，楼缕润芽青迷离杨柳岸缥纱墨云，屏帷个个痛孤影扉，谁怜高堂慢步行，雨淋身眼眶泪，上培新土盈盈

壬寅秋于长安 季国月书自著

排律

樱花

繁枝密朵郁嵯峨,绛雪红云拥绮罗。
静照晴波犹婉转,虚涵淡馥到清和。
宁将美梦炫成画,未许沧桑挂在柯。
乍见倚风陈国色,须臾飞雨舞天魔。
旋生旋灭孰能已,如幻如真又奈何。
一树一花随念起,诗心禅味两婆娑。

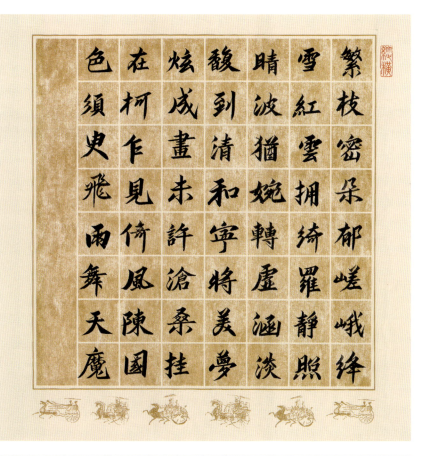

繁枝密朵郁嵯峨绛雪红云拥绮罗静照晴波猶婉转虚涵淡酸到清和寧将美夢炫成畫未許滄桑挂在柯作見倚風陳國色須臾飛雨舞天魔

旋生旋滅孰能已如幻如真又奈何一樹一花隨念起詩心禪味兩婆娑

櫻花

王興香於長安 亭國自拟自書

鹧鸪天·又到樱花烂漫时

香雪盈醉似瑶池,霓裳羽衣斗芳姿。层层柔瓣压荒草,簇簇琼枝羞乱泥。

开浅浅,闹熙熙。嫣红姹紫幽香溢。心随花雨天风荡,劝君莫要乱折枝。

鹧鸪天·倒春寒

寒雨绵绵冷未央,梅花谢了百花香。北风横敲摧青柳,春寒倒卷落地霜。

酒旗残,楼台凉。仲夏尚隔一条江。红深易落当常扫,莫让新愁覆旧伤。

鹧鸪天·又到樱花烂漫时

香雪盈醉似瑶池宽
裳羽衣斗芳姿层层
柔瓣壓荒草簇簇瓊
枝著亂泥開淺淺閒
熙熙嫣嫣紅焰紫幽香
溢心隨花雨天風蕩
勸君莫要亂折枝

壬寅夏於長安 亨國自擬自書

鹧鸪天·倒春寒

寒雨綿綿冷未央梅
花謝了百花香北風
橫敲摧青柳春寒倒
捲落地霜酒旗殘樓
臺涼仲夏尚隔一條
江紅深易落當常掃
莫讓新愁覆舊傷

壬寅春於長安 亨國自擬自書

七律

昨夜友聚感怀

细思红尘色与空,把酒执觥诉情衷。
岁月留痕应存真,意时谊刻却无终。
横刀立马携君手,意气相投漫苍穹。
归去来兮舒豪迈,友在人生自不同。

七律

梦回长安

百万校友念长安,热血欲将啸雨烟。
军民融合书壮志,阔步豪迈逾雄关。
铁肩担当千秋义,潮头睥睨万重澜。
校地携手绘蓝图,经天纬地织大观。

昨夜友聚感懷

細思紅塵色與空，把酒執觥訴情衷，歲月留痕應存真，意時蝢刻卻無終，橫刀立馬攜君手，意氣相投漫蒼穹，歸去來兮舒豪邁，友在人生自不同。

壬寅春於長安 亭國自拟自書

夢回長安

百萬校友念長安熱血欲將嘯雨煙軍民融合書壯志闊步豪邁逾雄開鐵肩擔當千秋義潮頭盻繪藍重瀾校地攜手圖經天緯地織大觀。

壬寅夏於長安 亭國自拟自書

排律

忆雨巷

望舒一去百年长,半月桥头感炎凉。
花街有意扶垂柳,雨巷无言忆丁香。
舟摇旧梦千秋月,雁叫寒惊万里霜。
风烟少年砥砺志,热血壮士赴北疆。
暮看长河催落日,朝听大漠卷胡杨。
飒飒西风埋往事,潇潇细雨洗苍茫。
天命尤念关雎意,青阳更重采华章。
知遇盛情怜佳人,菊花烈酒醉玄黄。

注:1.望舒,即著名诗人戴望舒,其代表作为《雨巷》。
　　2.青阳,指青春时代。

望舒一去百年長半
月橋頭感炎涼花街
有意扶重柳雨巷無
言憶丁香舟搖舊夢
千秋月雁叫寒鷲萬
里霜風煙少年砥礪
志熱血壯士赴北疆

暮看長河催落日朝
聽大漠捲胡楊颯颯
西風埋往事瀟瀟細
雨洗蒼茫天命尤念
關雎知遇青陽更重
華章花烈酒盛情憐佳
人菊花烈酒玄黃

憶雨巷　壬寅夏於長安　亭園自抄自書

排律

谷雨抒怀

风狂一夜摧春凋,绿肥红瘦羡桃娇。
长望终南寻秦月,近拂灞柳秀楚腰。
蓬门素笔恋幽墨,苍苔清响醉笙箫。
秤量世态凭心定,棋弈人生落子敲。
淡看悲欣逐浪去,悠谈苦乐煮茶消。
奔忙常有愁情绪,不过浮云自在飘。

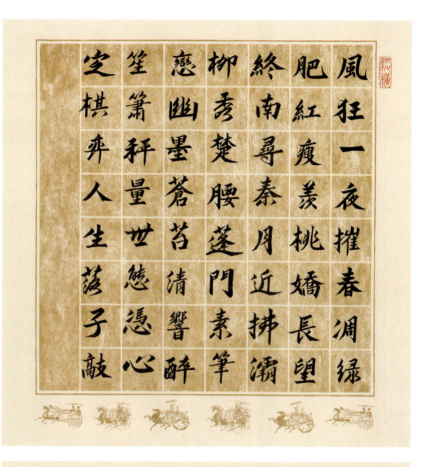

风狂一夜摧春凋绿
肥红瘦羡桃娇长望
终南寻秦月近拂灞
柳秀楚腰蓬门素笔
恋幽墨苍苔清响醉
笙箫秤量世态凭心
定棋弈人生落子敲

淡看悲欣逐浪去悠
谈苦乐煮茶消奔忙
常有愁情绪不过浮
云自在飘

谷雨抒怀

王雪春於長安
享國自抄自書

七律

"五一"劳动节

五月春辞夏声闻,笔墨感慨颂耕耘。
敬其造物滋寰宇,祝彼开源润族群。
劳作生财承万国,动来纳税养三军。
幸事常施挥汗雨,福星高照我昆仑。

七律

寄"五四"青年节

岁月如歌后味醇,醉中最忆是青春。
三千蝶梦脱俗世,满眸阳光幻亦真。
红豆轻抛花溅泪,金戈奋舞志超尘。
把酒回望唯一笑,更将英气注昆仑。

五一勞動節

五月春辭夏聲聞筆
墨感慨頌耕耘敬其
造物滋寰宇祝彼開
源潤族羣勞作生財
承萬國動來納稅養
三軍幸事常施揮汗
福星高照我昆侖

壬寅夏於長安 亨國自抄自書

寄五四青年節

歲月如歌後味醇醉
中最憶是青春三千
蝶夢脫俗世滿眸陽
光幻亦真紅豆輕拋
花濺淚金戈奮舞志
超塵把酒回望唯一
笑更將英氣注昆侖

壬寅夏於長安 亨國自抄自書

七律

西京沙尘暴有感

黄埃肆虐袭西京,日月隐辉影朦胧。
沙迷双眸失前路,尘覆万柳罩天庭。
钟鼓高楼漫浊气,沉香古亭遁无形,
何时清新穷碧落,能与苍生一澄明?

南乡子·春雨抒怀

　　春雨敲画廊,落尽繁华叹未央。轻拾残红寂然立,心伤。无情夜风又暗凉。

　　才念满庭芳,书罢新词墨犹香。但愿青阳少作憾,周详。希冀明月照吾窗。

注:青阳,指青春年代。

西京沙塵暴有感

黃埃肆虐襲西京日
月隱輝影朦朧沙迷
雙眸失前路塵覆萬
柳罩天庭鐘鼓高樓道
漫漶氣沉香古亭道
無形何時清新窮碧
落紱與蒼生一澄明

壬寅夏於長安
亭國自抒自書

南鄉子·春雨抒懷

春雨敲畫廊落盡繁
華歡未央輕拾殘紅
寂然立心傷無情夜
風又暗巖才念滿庭
芳去嵒新詞墨猶香
但願青陽少作憾周
祥希冀明月照吾窗

壬寅夏於長安
亭國自抒自書

临江仙·献给母亲

谁　将千古十恩量，

言　来何谓沧桑。

寸　笺轻抚旧时光。

草　青知晓露，

心　暖向朝阳。

报　此人间一缕香，

得　承福泽绵长。

三　江四海总遥望。

春　风舒玉手，

晖　照锦萱堂。

注：1.十恩，母亲十恩。佛曰：一、怀胎守护恩；二、临产受苦恩；三、生子忘忧恩；四、咽苦吐甘恩；五、回乾就湿恩；六、乳哺养育恩；七、洗濯不净恩；八、远行忆念恩；九、深加体恤恩；十、究竟怜愍恩。愿天下所有母亲吉祥健康，平安喜乐！

2.萱，萱草，又谓母亲草。

七律
家事烦

家事劳心久不宁，风雨潇潇驱车行。
方案策划频频改，细节推进屡屡听。
诗怀无奈接俗气，词客恐将悖才名。
怏然执笔难成句，愁眉长蹙未尽情。

注：老家小筑，难遂心愿，一声无奈，多个叹息！

誰將千古十恩量
言來太過滄桑
寸筆輕撫舊時光
草青知曉向朝陽
心暖人間一縷香
報此人間綿綿長
得承福澤總遙望
三江四海總遙望
春風舒玉手
暉照錦萱堂
臨江懷獻給母親
壬寅秋於長安
亭國自拟自書

家事勞心久不寧
兩瀟瀟驅車行方案
策劃頻頻改細節推
進屢屢聽詩懷無奈
接俗氣詢客怨將悖
才名快然執筆難成
句愁眉長感未盡情
家事煩
壬寅夏於長安
亭國自拟自書

七律

小满

弦月醒窗日续长,农夫阡陌寄梦忙。
野菜注色入空腹,嫩麦灌浆腾旧仓。
花衍蘼草衣除单,蛙鼓雅荷影叠双。
春蚕丝尽织绫罗,更喜竹雨送新凉。

七律

本周友聚小结

满苑欢声间酒香,邀来知己醉千觞。
良朋小聚春秋短,故旧平生风月长。
鉴古修文多雅士,凝神养性岂膏粱?
重情江湖云途远,骊歌角羽任疏狂。

小满

弦月醒窗日续长农
夫阡陌寄梦忙野菜
注色入空腹嫩麦灌
浆腾旧仓花衍蕗草
衣除单蛙鼓雅荷
叠双春蚕丝尽织绫
罗更喜竹雨送新凉

王寅夏於长安 亮国自拟自书

本周友聚小结

满苑欢声间酒香邀
来知己醉千觞良朋
小聚春秋短故旧平
生风月长鉴古修文
多雅士情凝神养性岂
膏粱重情江湖云途
远骧歌角羽任疏狂

王寅夏於长安 亮国自拟自书

七律

悼念杨绛先生

山水长咽哀大师，文采卓尔存墨梓。
百年结缘逢至爱，一生风尘共比翼。
华夏流离居常变，举家同舟志不移。
天生灵骨清气在，牛衣对泣两心知。

七律

现场记

胸中块垒欲浇难，车途茫茫倍觉艰。
才情窘迫满惭愧，文思贫乏两相偏。
按图索骥修攻略，俯察仰观避噪喧。
归时不见楼头月，疲累堪怜忙碌间。

悼念楊絳先生

山水長咽哀大師父
采卑爾存墨梓百年
結緣逢至愛一生風
塵共比翼華夏同流
居常變舉家同舟志
丞移天生靈骨清氣
在牛哀對泣雨心知

王宮夏於長安 亭國自抄自書

現場記

胸中塊壘欲澆難車
途茫茫倍覺艱才情
窘迫滿慚愧文思貧
乏兩相編按圖索驥
備攻略俯察仰觀避
噪喧歸時丞見樓頭
月疲累堪憐忙碌間

王宮夏於長安 亭國自抄自書

排律

忆童年

友聚昨夜醉颜酡,忆我童年事一箩。
布谷声中追彩蝶,蒹葭影里戏鸭鹅。
芙蓉花缀长亭柳,红杏枝垂小石坡。
惯看蜻蜓恋野径,尤恨猪羊啃青禾。
水中修桥为蚁渡,屋顶筑巢讹燕雀。
削木做枪打游击,骑竹充马寻喜乐。
山野田间思兔肥,茅庵檐前窥青果。
苦读长更比李杜,挥汗阡垄笑荆轲。
三千里地三千梦,一路芳菲一路歌。
时空转换情犹在,纯真依旧映莲荷。

友聚昨夜醉顏酡憶
我童年事一籮布穀
聲中追彩蝶薰葭影
里戲鴨鵝芙蓉花綴
長亭柳紅杏枝垂小
石坡慣看蜻蜓戀野
徑尤恨猪羊嚙青禾

水中脩橋為蟻渡屋
頂築巢紝燕雀削木
做槍打遊擊騎竹充
馬尋喜樂山野田間
思兔肥茅庵擔前窺
青果苦讀長更比李
杜揮汗阡壟笑荊軻

三千里地三千夢一
路芳菲一路歌時空
轉換情猶在純真依
舊映蓮荷

憶童年

七律

高考

十载磨刀为过桥,千年科场几能逃?
眼眉常蹙愁文理,茶饭久耽忘昼宵。
洪荒天趣力疲倦,殚竭精虑骨煎熬。
万魂相轧华山路,龙门一跃方逍遥。

七律

又到世界杯感怀

群雄逐鹿世界杯,熊罴虎豹竞元魁。
绿茵场上无龙队,预选赛中作铁陪。
笑傲亚洲成口号,羞报须眉对美眉。
球迷岁岁人皆老,唯对荧屏酒一醅。

高考

十載磨刀為過橋，千年科場幾能逃眼眉。
常感愁父幾理茶飯久，耽忘晝宵洪荒天趣。
力疲倦殫竭精慮骨，熱熬萬魂相軋華山。
路龍門一躍方逍遙。

壬寅夏於長安 真閒自抄自書

又到世界杯感懷

群雄逐鹿世界杯熊，黑虎豹競元魁綠茵。
場上無龍隊笑傲預選亞洲賽，中作鐵陪須眉對。
成口號羞赧歲歲人皆，美眉球迷屏酒一醅。
老唯對

壬寅夏於長安 真閒自抄自書

七律
端午抒怀

大秦丝雨织端阳，灞水翻波竞舟忙。
天问千秋存浩气，离骚一曲荡回肠。
贤愚在世无人辩，正佞从来有史扬。
秉持丹心为社稷，忠贞不该遇怀王。

鹧鸪天·夏至

年度此日昼最长，知了私语略含伤。
江淮吴地忧梅雨，大秦西京惧骄阳。
月半弦，梦潇湘。能将何处作心乡？
火烧云涌天边阔，修禅易气自然凉。

大秦絲雨織端陽瀟
水翻波競舟忙天問
千秋存浩氣離騷一
曲蕩迴腸賢愚在世
無人辯正佞從來有
史揚秉持丹心為社
稷忠貞不改遇懷王

端午抒懷
壬寅夏於長安
東國自抄自書

年度此日晝最長知
了私語略含傷江淮
吳地憂梅雨大秦西
京懼驕陽月半弦夢
瀟湘能將何處作心
鄉火燒雲涌天邊闊
倘禪易氣自然涼

鷓鴣天夏至
壬寅夏於長安
東國自抄自書

七律
佛心

力主慈善爱无疆，倾心奉献趁韶光。
乐行公益遮风雨，免费温粥暖饥肠。
积德累功凝众热，感恩回报传和祥。
笑妹美誉颂千古，济困扶危永留芳。

七律
咏荷

红尘寂寞怨谁家，纵有相思锁绿纱。
游子还羞临梓里，虚名每叹误年华。
帘开北牖倾朝雨，日落西峰隐晚霞。
争艳可怜春已去，空望冷月挂天涯。

力主慈善愛無疆傾
心奉獻趁韶光樂行
公益遠颺風雨免費溫
粥暖飢腸積德累功
凝眾熱感恩回報傳
和祥笑妹美譽頌千
古濟困扶危永留芳

佛心

壬寅夏於長安
亭國自抄自書

紅塵寂寞怨誰家縱
有相思鎖綠紗遊子
還羞年臨梓里開虛名每
歡誤朝雨日落西峰隱
傾霞望爭艷可憐春已
晚霞望冷月挂天涯
去空

詠荷

壬寅夏於長安
亭國自抄自書

鹧鸪天·世界杯德国队出局有感

大梦惊醒夕照边，上届冠军无后缘。
此时哪似当时事？今日浑非旧日天。
情深沉，恨依然。人间沧桑变荒田。
战车背影渐黯淡，本是欢筵换别筵。

七律

听雨

长安楼台烟雨中，终南着翠冷梧桐。
细密连连罗锦缎，淋漓绵绵到三更。
有意怀春洇浅绿，无心怨夏打残红。
天意自古书难尽，愈是多情愈是空。

鹧鸪天·世界杯德国队出局有感

大夢驚醒夕照邊上
屆冠軍無後緣此時
哪似當時事今日時
非舊日天情深沉渾
依然人間滄桑變恨
田戰車背影漸黯荒
本是歡送換別送淡

壬寅夏於長安 高國自抄自書

聽雨

長安樓臺煙雨中終
南著翠冷梧桐細密
連連羅錦緞淋漓
綿到三更有意懷春
涸淺綠無心怨夏打
殘紅是天道自古
盡愈是多情愈是空難

壬寅夏於長安 高國自抄自書

七律

酒后闲吟

莫问今生值几文,细思已是中年身。
金风玉露裁痴句,醒堂华府忆旧温。
悠悠岁月匆匆客,茫茫江湖碌碌人。
只合友聚饮美酒,幸喜酒后添童真。

七律

练武有感

九嵕酒肆挂旌旄,柴门树荫雨正浇。
山风浓雾洗沧面,农家野味著红袍。
默诵太极明首义,静立浑元得初爻。
莫谓万丘欺远客,拳脚起处大地摇。

注:九嵕指九嵕山,是唐太宗李世民安眠的昭陵所在地,属陕西省咸阳市礼泉县。

酒後閑吟

莫問今生值幾文，細思已是中年身。
金風玉露裁癡句，醒堂華有憶舊客。
悠悠歲月忽忽客，茫茫江湖碌碌人。
只合友聚飲美酒，幸喜酒後添童真。

壬寅夏於長安 亭國自抄自書

練武有感

九嵕酒肆挂旌旆，濃霧洗滄面。
農家野門樹蔭雨，正澆山風。
味著紅袍默誦太極得，明義靜立渾元。
初冬莫綃萬丘欺遠，客奉腳趿憂大地搖。

壬寅夏於長安 亭國自抄自書

南乡子·雨夜感怀

夜雨窃潺潺，清凉无关悲与欢。闲洗砚池作词赋，慢研，聊将诗书阅几番。

歧路数回勘，霜眉长蹙为哪般？也拟窗前吟旧事，流连，离身江湖总是难。

南乡子·雨夜抒怀

帘外雨初收，庭院深深夏韵幽。夜半又谋稻粱计，挠头。心上添秋是个愁。

来事须绸缪，莫任年华付水流。光阴似箭当励志，登楼。雄魄凌霄破斗牛。

南鄉子·雨夜感懷

夜雨簫簫，清涼無開，悲與歡閒，洗硯池。作詞賦，慢研聊將待。老閱幾番歧路，數回勘霜，眉長嘆舊事，為哪般。也擬窗前吟，總是流，連離身江湖總是難。

壬寅夏於長安　高國自抄自書

南鄉子·雨夜抒懷

簾外雨初收，庭院深深夏韻幽，夜半又謀稻粱計，撓頭，心上添秋。是個愁來事須綢繆，莫似任年華付水流。光陰似箭，當勵志，登樓。雄魄凌霄破斗牛。

壬寅夏於長安　高國自抄自書

七律
初伏

炙天炙地若焚心，初伏长安暑气深。
夤夜通轩风漉漉，空身凉床汗涔涔。
梦游终南飞鱼雁，魂荡兰舟鼓玉琴。
欲回去冬踏残雪，远山近水必登临。

七律
伏日

伏日炎炎汗未停，三秦关中四野清。
求风狂吹花失色，祈雨骤来蝉噤声。
执扇稍息炉鼎炙，着衣且挡屈笼蒸。
闲抛杖履丢经卷，休负林泉山水盟。

炙天炎地若焚心初伏长安暑气深蚕衣通轩风漉漉空身终南床汗浴浴梦游舟飞鱼欲回魂荡兰舟踏鼓玉琴欲回去冬踏残雪远山近水必登临

初伏

壬寅夏於長安 年國自扩自書

伏日炎炎汗未傅三秦闗中四野清来风狂吹花失色祈雨稍息骤来蝉嗓声执扇稍擋屈炉鼎閒炙着衣履且丢经籠蒸閒抛杖履山水盥卷休負林泉山水盥

伏日

壬寅夏於長安 英國自扩自書

七律
俄世界杯

铁脚豪门战绿茵,几家常客几家新。
金钩倒挂飞虚影,彩蝶穿花快掠尘。
龙争虎斗拔城寨,剑去刀来伐比邻。
星光熠熠群雄会,法国终捧大力神。

七律
三伏忙

室内清凉室外煎,无奈汗雨湿蓝衫。
子目分项逐联系,铁帽顶冠讲安全。
工坊加班夜归晚,同仁抖擞口无言。
筹谋愁思呈常态,希冀今年夺鲁班。

俄世界杯

鐵腳豪門戰綠茵
家常客襲家新金鉤
倒挂飛虛影彩蝶穿
花快掠塵龍爭虎斗
拔城寨劍去刀來伐
比鄰星光熠熠羣雄
會法國終捧大力神

壬寅夏於長安 高國自撰自書

三伏忙

室内清涼室外煎熬
奈汗雨濕藍衫子目
兮項逐聯繫鐵帽頂
冠講安全工坊加班
夜歸晚同仁抖擻口
無言籌謀愁思呈常
態希冀今年奪魯班

壬寅夏於長安 高國自撰自書

七律

大暑有感

客舟悠然渡江烟，蜃楼千座飘渺间。
晚雨忽来沉黄浦，红霞倏去化白纨。
歌舞百年充玉栋，华灯十里耀金滩。
暂借此地一夜风，消我长安暑气烦。

七律

恭贺咸阳天祺酒店竣工

大暑蒸煮未曾休，汗透衣背涩双眸。
策划协调催进度，造价子目挠白头。
醒堂华府忆旧岁，金杯玉碗做筹谋。
仲夜路长归家晚，辛苦妆师雕画楼。

大暑有感

客舟悠然渡江煙靄
樓千座飄渺間晚雨
忽來沉黃浦紅霞候
去化白紈歌舞百年
元玉棟華燈十里耀
金灘暫借此地一夜
風消我長安暑氣煩

壬寅夏於長安
亭國自抄自書

恭賀咸陽天棋酒店竣工

大暑蒸煮未曾休汗
透衣背澀雙眸價劃
協綢催進度造價子
目撓白頭醒堂華存
憶舊歲金杯玉碗做
簾縑仲夜路長歸家
晚幸苦粧師雕畫樓

壬寅夏於長安
亭國自抄自書

排律

西京仲夏骤雨

风雷骤来吼苍黄,舒胸阔野共云长。
轻荫蔽日犹余热,急雨侵肌未足凉。
灞上洪流摧壮鼓,檐下乌鹊回巢房。
抬头远望终南翠,低首又闻藕荷香。
宏景有谁遗寸卷?新图凭我发三张?
如来小试空与色,骚人羞谈词和章。
一片浑蒙观浊水,无涯思绪付苍茫。

風雷驟來吼蒼黃舒
胸闊野共雲長輕蔭
巌日猶餘熱急雨侵
肌未足涼灑上洪流
摧壯鼓檐下烏鵲回
巢房抬頭遠望終南
翠低首又聞藕荷香

宏景有誰遺寸卷新
圖憑我發三張如來
小試空與色騷人蓋
淡詞和章一片渾濛
觀濁水無涯思緒付
蒼茫

西京仲夏驟雨
王宗夏於長安
辛國自抄自書

七律

伏中有感

惯于忙碌愧闲居，骤雨消暑倦切肤。
风卷窗帘方寸乱，云奔苍穹诗意无。
千条翻遍千头绪，万念阙如万字书。
江湖路远仍落寞，痴心未改似年初。

七律

伏夜偶感

昨夜风骤透卷帘，灵霄伏雷震屋檐。
闪电惊乍未成雨，旧事重拈思故园。
醉酒昏头观热剧，少时顽劣付笔端。
深情常美陆郎句，惆怅而今五十年。

伏中有感

憤於忙碌愧閒居,驟雨消暑倦切膚風捲簾方寸亂雲奔蒼穹待意無千條翻遍千頭緒萬念闌如萬落字去江湖路遠仍寞痴心未改似年初

壬寅夏於長安 亭國自抄自書

伏夜偶感

昨夜風驟透捲簾靈霄伏雷霹屋檐閃電驚作未成雨舊事頭拈思故園醉酒昏觀熱劇少時頑劣付筆端深情常羨陸郎句惆悵而今五十年

壬寅夏於長安 亭國自抄自書

七律
柴门迎宾

树高千尺叶归根,回首未忘数重恩。
游子远离情仍在,江湖久居梦犹温。
一任轻装望碧野,几杯浊酒忆晨昏。
山水悠然簪时短,柴门正待赏花人。

七律
立秋

节气催人无止休,青霄银汉挂吴钩。
明朝终南翔鸿雁,昨日炎暑尚伏留。
惶惶盛夏悄然尽,点点黄花暗自愁。
时光苦短泥途远,疏桐落叶到金秋。

樹高千尺葉歸根四
首未忘戲重思遊子
遠離情仍在江湖久
居夢猶溫一任輕裝
望碧野幾杯濁酒憶
晨昏山水悠然簪時
短柴門正待賞花人

柴門迎賓

節氣催人無止休青
霄銀漢挂吳鈎明朝
終南翔鴻鴈昨日炎
暑尚盡點點惶惶盛夏
悄然時光苦短黃花暗
自愁桐落葉到金泥途
遠疏

立秋

七律

骤雨撼长安

时逢秋虎雨倾盆,急打篷窗骤打门。
闭户垂帘留窄缝,缩首寻路踏泥痕。
落叶残花水上漂,香车宝马浪里奔。
沾衣犹感暑气热,不碍今夜邀故人。

七律

怨秋

原为大暑实到秋,长安赤热似火流。
檐前幽篁卧黄犬,屋后荷塘伏汗牛。
一树蝉琴歌正劲,连天蛙鼓擂方遒。
千今节令多无信,该避人造孽结愁。

骤雨撼长安

时逢秋虎雨倾盆,急打蓬窗骤打门,闭户垂帘留窄缝,缩首寻路踏泥痕,落叶残花水上漂,香车宝马浪里奔,沾衣猶感暑气热,不碍今夜邀故人

王寅夏於长安 高国自拟自书

怨秋

原为大暑实到秋长,安赤热似火流檐前,幽簟卧黄犬屋后荷,塘伏汗牛一树蝉琴,歌正劲连天蛙鼓擂,方道避於今节令多无,信该怨秋人造孽结愁

王寅夏於长安 高国自拟自书

七律

七夕

银河渺渺夜生凉,牛女吊影待鹊翔。
斗柄灼烁梧落叶,隔岸伶仃鬓飞霜。
尘仙偶作阴阳错,离合更迭风月章。
我是世间悲情客,年年此日断柔肠。

七律

敬迎尊神

江湖往事寄苍台,童真漫延今洞开。
骤雨狂飙迷醉眼,故园晚霞照霜腮。
浊酒已使佳人酿,美味将唤妙手裁。
夏深静等秋风起,柴门轻掩待君来。

七夕

银河渺渺夜生凉牛女吊影待鹊翔斗柄灼烁梧落叶隔岸伶仃竹篾飞霜尘偃偶作阴阳错离合更迭风月章我是世间悲情客年年此日断柔肠

王寅夏於长安
亭国自抄自书

江湖往事寄苍台童真漫延今洞开骤雨狂飙迷醉眼故园晚霞照霜腮浊酒已使佳人裁夏深静味特唤秋手柴门轻掩待君来 敬迎尊神

王寅夏於长安
亭国自抄自书

鹧鸪天·处暑

暑退寒生夜送凉,东篱细雨唤秋香。
南山田亩葵依柱,北斗灼柄星转廊。
枫叶落,竹枝长。石榴绽放向荷塘,
西楼月影因风动,桂子婆娑雁一行。

七律
戏说近日状态

连天置酒润干喉,卷烟在手咳不休。
长途奔波裂焦唇,异乡佳肴养舌头。
山水一程送吉祥,鸿雁三行报簟秋。
斜倚卧榻形神散,期待喜讯解千愁。

鹧鸪天 庆暑

暑退寒生夜送凉，东籬細雨喚秋香。南山田畝葵依桂，北斗枒星轉廊楓葉落，向竹枝長，石榴綻放風動，塘西樓月影因，一行桂子婆娑雁

王寅夏於長安 亮國自撰自書

戲說近日狀態

連天置酒潤干喉，卷煙在手咳不休，長途奔波裂焦唇，異鄉佳肴養舌頭，山水一程送吉祥，鴻雁三行報，簞秋斜倚卧榻形神散，期待喜訊解千愁

王寅夏於長安 亮國自撰自書

七律

工作日常

江湖流急借诗聊，黄粱美梦自嗨高。
思虑计划书案伏，催问工坊电话挠。
银屏界面添新客，商策筹谋毁良宵。
征途尚远多尘累，一苇沉浮系卦爻。

七律

祭刘东仁兄

别梦染秋色凄然，茫茫苍穹月不圆。
当时义气怀宋玉，昔日壮志似少年。
餐前陋室喜角力，饭后扫尾料周全。
天炉灵才英魂在，丰碑永世立人间。

注：1. 刘东，一位敬爱的仁兄，是我原单位陕西省建筑工程汽车运输公司二队的同事，老家在邻村，长我一岁，我俩相交甚厚，过从甚密。

2. 宋玉（公元前298年—前222年），屈原同时代的楚国大臣，少有大志，胸怀天下，风度翩翩，外貌出众，是中国四大美男子之一，文学造诣极其深厚，"下里巴人""阳春白雪""曲高和寡""宋玉东墙"等典故皆是因他而来。

3. 角力，指当年我们俩工余饭后经常在一起进行掰手腕、练铁锁子等力量游戏比赛。

工作日常

江湖流急借詩聊黃
梁美夢自嗨高思慮
計劃書案伏催問工
坊電話撓銀屏界面
漆新客商策籌課多塵
良宵征途尚遠多塵
累一萦沉浮係卦爻

王寅夏於長安
享國自抄目書

祭劉東仁兄

別夢染秋色凄然茫
茫蒼穹月不圓當時
義氣懷宋玉昔日壯
志似少年餐前陋室
喜角力飯後掃尾料
周全天妒靈才英魂
在豐碑永世立人間

王寅夏於長安
享國自抄目書

七律
日常

夤夜困顿倚琐窗，查书搜句镇日忙。
经典语录入骨髓，事故案例刻心房。
银屏闪耀添锦彩，灵泉涌动写诗行。
飞花辞赋寻寻遍，重回昔年大学堂。

七律
教师节感恩吾师

开天辟地便启蒙，身无贵贱唤先生。
曾将草莽培栋梁，亦把愚子化贤明。
讲义传神播智慧，行文顿挫聚雷霆。
玉壶冰心披粉尘，总让帝王显不能。

鳌夜困頓倚頰窗查
去搜句鎮日忙經典
語錄入骨髓事故案
例刻心房銀屏閃耀寫
漆錦彩靈泉涌動寫
詩行飛花辭賦尋尋
遍重回昔年大學堂

日常 壬寅夏於長安 盧國自抄自書

開天辟地便啟蒙身
無貴賤喚先生曾將
草莽培棟梁亦把愚
子化賢明講義傳神
播智慧行攵頓挫聚
雷霆總玉壺冰心披粉
塵襄帝王頭不能

教師節感恩吾師 壬寅夏於長安 盧國自抄自書

七律

时太匆

奔波无日似蜜蜂,啜花饮露又西东。
秋霜扑来尘满面,纠结未去愁填胸。
进度无多难夜寐,蹙眉几旬瘦形容。
纷纭太消诗家意,无视鸿雁过长空。

七律

祭评书大师单田芳先生

醒木惊堂震八荒,折扇翻飞变刀枪。
江湖六道仁义在,英雄一怒正气扬。
演绎经史春与秋,评说乾坤兴和亡。
下回分解终无解,人间再无单田芳。

奔波无日似蜜蜂啜
花饮露又西东秋霜未
撲来塵滿面斜結未
去愁填胸進度無多
難夜鬢變眉終勾瘦
形容纡绦太消詩家
意無視鴻雁過長空

王寅夏於長安
李國自抄月書
時太多

醒木驚堂震八荒折
扇翻飛變刀鎗江湖
六道仁義在英雄一
怒止氣揚演繹經史
春興秋評說乾坤興
和上下勾解終無
解人間再無單田芳

王寅夏於長安
英國自抄日書
祭評書大師
單田芳先生

南乡子·秋雨添残觞

夜雨敲轩窗，一阵风来一阵凉。又见桂花枝头俏，香香，清露垂零满地霜。

续酒添残觞，我欲乘醺入旧唐。终南捷径是危径，茫茫，信觉江湖更沧桑。

七律
惊台风"山竹"有感

山竹浅秋挟淫来，百川俱废狮口开。
惊澜虎啸窗前过，魅影魍魉弃尸骸。
破船添漏摧枯木，华屋横飞洗心台。
人定胜天结胎祸，敬畏自然岂容猜。

南鄉子 秋雨漆殘鵑

夜雨敲軒窗一陣風
來一陣涼又見桂花
枝頭悄悄香香清露垂
零滿地霜繽繽酒漆
鵑我欲乘醺入舊唐
終南捷徑是危徑
茫信覺江湖更滄桑

壬寅夏於長安 高園自抒自書

驚臺風山竹有感

山竹淺秋挾涯來百
川俱癟獅口開驚瀾
虎嘯窗前過魅影
魅弃屍骸破船漆漏
摧枯木華屋橫飛結
心臺人定勝天結胎
禍敦畏自然豈容猜

壬寅夏於長安 高園自抒自書

七律

秋感

秋风秋雨惹秋寒,几番挣扎似断弦。
清酒虽好入脑木,醉态怎奈伤腿残。
久经磨难期潇洒,历尽沧桑盼花妍。
明日阴晴料不得,且将辛苦付华年。

七律

自勉

沙场执钩莫相催,夏虫冬冰总克违。
快意偶作骑鲸客,逆旅熬成忍者龟。
伏案有心忘悲喜,谋生无暇问是非。
哂笑轻寒束广志,江湖路远莫垂眉。

秋感

秋風秋雨惹秋寒，幾番挣扎似斷弦，清酒雖好入腦醉，懟恁傷腿殘久經磨難，期瀟灑歷盡滄桑，料不盱花妍期日陰晴，得且將辛苦付華年

壬寅夏於長安 亮國自抄自書

自勉

沙場執釣莫相催，夏虫冬冰總克達快意，偶作騎鯨客逆旅，熬成忍者龜伏藥，忘悲喜笑謀生無暇問，是非咖路輕寒束廣，志江湖路遠莫垂眉

壬寅夏於長安 亮國自抄自書

七律

中秋有感

无月中秋念故人，常思己过净吾身。
难眠每至三更醒，有梦莫追五味陈。
凡夫俗子悟佛偈，情山恨海伤魄魂。
菩提树下除污垢，一任流年覆皱纹。

七律

仲秋有感

常怨时短奔走忙，稻粱无计茶不香。
汗水湿背难度我，心海涌潮易断肠。
菩提树下寻真偈，终南山上费思量。
生是红尘痴情客，最惧秋风染鬓霜。

无月中秋念故人常
思己过净吾身难眠
每至三更醒有梦莫
追五味陈凡夫俗子
悟佛偈情山恨海伤
魂魄菩提树下除污
垢一任流年覆皱纹

中秋有感　壬寅夏于长安　宜国自抄自书

常怨时短奔走忙稻
粱无计茶丞番汗水
湿背难度我心海涌
潮易断肠菩提树下
寻真偶终南山上贵
思量生是红尘痴情
客最惧秋风染鬓霜

仲秋有感　壬寅夏于长安　宁国自抄自书

七律

仲秋雨夜有感

昨夜友聚话纵横,浊酒入腹山岭轻。
尽心坦诚对知己,终日劳碌结良朋。
酸甜苦辣游走马,悲欣嗔痴修仙翁。
拔剑弹铗歌往事,江湖皓月信为凭。

七律

国庆双节有感

国庆长假忆前修,游子双节逐江流。
杯斟桂酒迎远客,友聚欢宴醉华楼。
省践太极拳千遍,参透慧根寿万秋。
终南明月寒渐重,冷却红尘一段愁。

仲秋雨夜有感

昨夜友聚话纵横浊
酒入腹山岭轻尽心
坦诚对知己终日劳
砾结良朋酸甜苦辨
遊走马悲欣嘆痴儔
僂翁拔剑弹铁歌往
事江湖皓月信为凭

壬寅夏於長安 兴国自书

国庆双节有感

国庆长假忆前侪遊
子双节逐江流杯斟
桂酒迎远客友聚欢
宴醉华楼看慧踐太极
拳千遍参透慧根寿
万秋终南明月寒渐
重冷却红尘一段愁

壬寅夏於長安 兴国自书

七律

悟太极有得

奇技一脉世相传,雄浑沉定蕴自然。
阴阳无极启鸿蒙,乾坤有道始连绵。
拳风狂扫人难近,丹田鼓荡鬼莫缠。
国庆清心培浩气,老城根下悟真诠。

七律

寒露

雁阵已过万重山,江河万里任流连。
枫露叶红飘丹彩,菊黄轻霜饰色妍。
凌波弄赋章台柳,烛影摇曳菩萨蛮。
清风明月年年有,人间美景不费钱。

悟太极有得

奇技一脉世相传雄
浑沉定蕴自然阴阳
无极啓鸿蒙乾坤有
道始连绵拳风狂扫
人难近丹田鼓荡鬼
莫缠国庆清心培浩
气老城根下悟真诠

壬寅夏于长安 亭国自抒自书

寒露

雁阵已过万重山江
河万里任流连枫露
叶红飘丹彩菊黄轻
霜饰色妍凌波弄赋
章台清柳烂影摇曳
菩萨蛮清风明月年
有人间美景不费钱

壬寅夏于长安 亭国自抒自书

七律

日常

秋深尘劳世路艰，奔走常在马蹄间。
昨夜西风凋碧树，今朝层楼越华巅。
伏案修图修攻略，开会讲危讲安全。
归时不见晶莹月，菊香阵阵满长安。

七律

为我母校西北工业大学八十华诞而作

痴痴总恋母校容，今岁秋光味更浓。
曾记黉门同窗笑，难忘恩师叮咛声。
法桐叶黄润心肺，终南颜倩侵青瞳。
八十年来辉煌路，致敬远方育骄龙。

注：1.《致·远方》是母校本次华诞的主题。

2."公诚勇毅，三实一新"是西工大的校风校训。

秋深塵勞走路艱奔
走常在馬蹄間昨夜
西風濶碧樹今朝層
樓越華巘伏案俯圖
俯攻略開會講危講
安全歸陣時不見晶瑩
月菊香日常陣陣滿長安

王寅夏於長安
高國自抄自著

癡痴總慈母校容令
歲秋光味更濃曾
賞門同窗笑難忘記
師叮嚀聲法桐業黃
潤心肺終南顏倩侵
青瞳八十年來輝煌
路致敬遠方育驕龍

為我母校西北工
業大學八十華誕而作
王寅夏於長安
高國自抄自書

南乡子·为母校

光阴漏指弹,归来依旧是少年。曾经书声伴雨声,校园,今惜师缘润生缘。

白首效春蚕,铁肩担当一万山。风骨丹心为烛炬,挥鞭,公诚勇毅续鸿篇。

七律
秋兴

夤夜风来冷摇星,校庆佳音锁玉屏。
静倚牙床闲读史,凭临轩窗自横经。
声声雁阵潇潇去,絮絮霜韵点点兴。
玉液难消大块垒,幸赖素卷润心亭。

南鄉子·為母校

光陰漏指彈歸來依舊是少年曾經壯聲伴雨聲校園今惜師緣潤生緣白首效春蠶鐵肩擔當一萬山風骨丹心為燭炬揮鞭公誠勇毅續鴻篇

王寅夏於長安 亭國自抄自書

秋興

螢夜風來冷搖星校慶佳音鎮玉屏靜倚牙床閑續史憑臨軒窗自橫經聲鴻陣瀟瀟去絮絮霜韻點點興五液難消大塊壘幸賴素卷潤心亭

王寅夏於長安 亭國自抄自書

七律

重阳节抒怀

终南天高雁阵长,桂花香过迎重阳。
漫观秦地丰收季,淡看禅寺杏叶黄。
把酒约友抒心事,幸言商谋助安康。
不羡他人登高处,我愁两鬓添新霜。

七律

重阳

青色匆忙正卸妆,禅寺银杏叶渐黄。
东篱肥菊苑争艳,西塞断雁声含伤。
久居江湖知冷暖,长忧生计感炎凉。
尽说终南红柿好,阡陌已是一地霜。

重陽節抒懷

終南天高雁陣長桂
花香過迎重陽漫觀
秦地豐收季淡看禪
寺杏葉黃把酒約友
抒心事幸言商謀助
安康不羨他人登高
慶我愁西鬢添新霜

壬寅夏於長安 亮國自抄自書

重陽

青色匆忙卸粧禪
寺銀杏葉漸黃東籬
肥菊含傷艷西塞斷
雁聲暖長憂居江湖
知冷暖說終生計感
炎涼盡說終南紅柿
好阡陌已是一地霜

壬寅夏於長安 亮國自抄自書

七律

西安国际马拉松赛事有感

秦地深秋置赛程,豪侠大道沐金风。
先辈钵盂年年继,前贤魂魄代代承。
宿将新英彩甲艳,专业同好虎步横。
传奇千载颂雅典,捷报却入西京城。

七律

邀拳

雨叩西京老墙根,轻车潇潇入城门。
心中热血生豪气,身上薄衫杂酒痕。
寒风怎阻强体梦,苦练偏能忘俗尘。
阴阳虚实盈魂魄,不负太极小架人。

秦地深秋置赛程豪侠，大道沐金风先辈魂，铮孟年年继前贤魂，代代承宿特新英，彩甲艳专业同好虎，步横传奇千载颂雅，典捷报御入西京城

西安国际马拉松赛事有感

壬寅夏於长安 赛国自抄自书

雨叩西京老墙根轻，车满满入城门心中薄，热血生豪气身上，彩杂酒痕练风怎阻，强体梦苦编躯忘，俗尘阴阳虚实盈魂，魄不负太极小架人

邀拳

壬寅夏於长安 赛国自抄自书

七律

霜降

翠色旷野谢华妆,北风渐紧敲轩窗。
终南柿红凝露重,征鸿声唳恋秋香。
节物催候冬神到,霜降飞絮蒿草黄。
稻粱不知落何处,我自莞尔路尚长。

七律

步行上班有感

俯仰韶光壮士身,沐风步疾紫霞临。
柴门尚悬豪侠剑,江湖纵横有心人。
沉浮起落霜鬓渐,盈缺跌宕美梦频。
云波诡谲淡眼看,骊歌一曲四季亲。

翠色曠野謝華粧北
風漸紫敲軒窗終南
柿紅凝露重征鴻聲
喚慈秋香節物催候
冬神到霜降飛絮萬
草黃稻粱不知落何
慶我自莞爾路尚長

霜降
壬寅夏於長安
亨國自撰自書

俯仰韶光壯士身沐
風步疾紫霞臨柴門
尚懸豪俠劍江湖縱
橫有心人沉浮起落
霜鬢漸盈缺跌宕淡
夢頻雲波絕繡淡眼
看驥歌一曲四季親

步行上班有感
壬寅夏於長安
亨國自撰自書

七律

上海游学有感

三秦学子到江南，沪上杏坛薪火传。
幸有书山寻灯塔，苦无坦途扬快鞭。
金风玉露观自在，勤耕静悟结远贤。
尤恨半生陷俗路，块垒消过荡云烟。

七律

上海游学感悟

井底愚蛙难观天，黔地蠢驴倍辛酸。
江湖行走无歇息，沧桑来去有废残。
恪守旧律眼界窄，冲破锢障路途宽。
北清智库抟风助，此季最恋同窗缘。

三秦學子到江南滬
上杏壇薪火傳幸有
古山尋燈塔苦無垠
途揚快鞭金風玉露
觀自在勤耕靜悟結
逮賢尤恨半生陷俗
路塊壘消過蕩雲煙

上海遊學有感　王寅夏於長安　秦國自拙自書

井底愚蛙難觀天黔
地蠢驢倍辛酸江湖
行走無歇息滄桑來
去有廢殘愴恪守舊律
眼界寬衝破錮障路
途寬北清智庫搏風
助此季最懇同窗緣

上海遊學感悟　王寅夏於長安　秦國自拙自書

七律
早行

朝霞薄雾怜我勤，疾步北站秋无深。
晴空一眼澄见底，渭滨十里净无尘。
情怀触目成文笔，露水拂面似早春。
心有宏图荞碧野，祈祷夙愿意归真。

七律
祭金庸大侠

梅质冰心书武篇，金箭射雕倚碧鸳。
白鹿飞雪连天际，笑侠凌波降怪仙。
东邪西毒备好酒，南帝北丐布妙盘。
先生驾鹤瑶池宫，再无宗师卷烽烟。

早行

朝霞薄霧憐我勤疾
步北站秋無深晴空
一眼澄見底情懷渭濱十
里淨無塵露水拼面似
成文筆宏圖養碧
早春心有宏圖養碧
野祈禱風顧意歸真

祭金庸大俠

梅質冰心書武篇金
箭射雕倚碧駕白鹿
飛雪降怪儡天際笑俠凌
波降南帝北丙西毒
備好酒南帝北瑤池
妙盤先生駕鶴瑤池
宮再無宗師捲烽煙

破阵子·终南深秋抒怀

　　霜色染尽终南,秋味沉醉眉间。缕缕炊烟浑成墨,飒飒凉风过幽川。迷霞落晚烟。

　　浊眼难辨善恶,红尘谁识愚贤?前车乍过又覆辙,大道未悟心怎安。看穿万般难。

七律
为犬子招贤纳才

家有犬子试锋芒,胸藏韬略气轩昂。
侠骨铮铮图伟业,旌旗猎猎招贤郎。
奇谋异策寻诸葛,聚心协力共拓荒。
求得英才能揽月,驭风驰电好纵缰。

破陣子 終南深秋抒懷

霜色染盡終南秋
味沉醉眉間縷縷
炊煙渾成墨颯颯
涼風過幽川迷霞
落晚煙濁眼難
辨善惡紅塵織
愚賢前車乍過又
覆轍大道未悟心
怎安看穿萬般難

王寅秋於長安
亭國自撰自書

為犬子拮賢納才

家有犬子試鋒芒胸
藏韜略氣軒昂俠骨
錚錚圖偉業雄旗獵獵
獵招賢郎奇謀異策
尋豬葛聚心協力共
拓荒朱得英才鈙
月馭風馳電好繮

王寅夏於長安
亭國自撰自書

鹧鸪天·立冬抒怀

雁字绝后写绝篇,昨夜初雪降终南。
珍珠粒粒铺斜径,轻雾缕缕渡白山。
立冬日,冷秋千。满阶黄叶扫不完。
红尘不只论成败,当重贤愚忠与奸。

鹧鸪天·冬临

混迹江湖心未安,春夏过后秋到寒。
已惯晓星出门早,耽于禽夜入眠难。
经霜雨,掷青颜。愁绪结得细眉弯。
生来坚韧痴俗务,铁肩头上冷暖担。

鷓鴣天 立冬抒懷

鳳字絕後寫絕篇,昨夜初雪降終南,珍珠縷縷鋪斜徑,輕霧縷縷渡白山。立冬日冷,樓千滿階黃葉掃丞,秋紅塵不只倫成敗,當重賢愚忠與奸。

壬寅夏於長安 亭國自抄自書

鷓鴣天 冬臨

混跡江湖心未安,春夏過後秋到寒,已慣曉星出門早,耽夜入眠難經霜,雨擲青顏愁緒結得細眉,彎生來堅韌癡俗務,鐵肩頭上冷暖擔。

壬寅夏於長安 亭國自抄自書

鹧鸪天·观刘世天道长问道处有感

枫红叶黄妆年华,我等恋财实似蛙。
紫陌瑶台无俗客,远尘醒堂住仙家。
听朔风,渡寒鸦。轻添圣水煮老茶。
骊山果然藏高人,心系黎庶助浮槎。

七律

初冬遇霾有感

霾山雾海醉嫣然,冷雨斜飘侵雕栏。
终南远眺蒹葭老,沣渭近观黄叶残。
江湖几曾诗句误,砥砺总在功成先。
细品流光蚀忠骨,要留一梦似少年。

鷓鴣天 觀劉垚天道長問道慶有感

楓紅葉黃粧年華我
等懟財寶似蛙紫陌
瑤臺住無俗客遠塵醒
堂住俚家聽朔風渡
寒鴉輕漆聖水煮老
茶驪山果然藏高人
心繫黎庶助浮槎

壬寅夏於長安 亭國自擬自書

初冬遇霾有感

靈山霧海醉媽然冷
兩斜飄浸雕欄終南
遠眺蕹葭老澧渭近
觀黃葉殘江湖發曾
詩句誤砥礪總在功
歲先細品流光蝕忠
骨要留一夢似少年

壬寅夏於長安 亭國自擬自書

七律

友聚

日前灯下已约哉,美馔佳肴列华台。
暖意迎面情作味,细风吹座酒沾怀。
新雪一痕添喜庆,浓汤半釜等客来。
思深容易忧家国,焉倚庙堂拒乱霾。

七律

冬夜有感

雾过霾尽夜更寒,西京霜冷似当年。
街巷尚余青草色,云树凄迷终南山。
心急马慢车迟迟,愿高运低风旋旋。
年尾犹记年初念,深堂独坐竟难眠。

日前燈下已約哉美
饌佳肴列華臺暖意
迎面情作味細風吹
座酒沾懷新雪一痕
潘喜慶濃湯半釜等
客來思深客易憂家
園馬倚廟堂拒亂霆

友聚

王寅夏於長安
亭國自抄自書

霧過靄盡夜更寒面
京霜冷似當年街巷
尚餘青草色雲樹淒
迷終南山心急馬慢
車遲遲顧高運低風
旋旋年尾猶記年初
念深堂獨坐竟難眠

冬夜有感

王寅夏於長安
亭國自抄自書

七律

小雪抒怀

毛衣秋裤换青衫,薄衾不耐五更寒。
但忆孩提打雪仗,倍忧家山过冬难。
节到季初谋无计,时至岁尾心生惭。
满眸尽藏营蝇事,功成知又在何年?

七律

帝京游学有感

结缘拜师亦交心,京华虽挤可容身。
胸涵热血生豪气,礼怀敬意访贤人。
取长补短觅良策,化无为有寻法门。
夙愿最苦红尘客,堪怜新纹迭旧纹。

小雪抒懷

毛衣秋褲換青衫薄
衾不耐五更寒但憶
孩提打雪仗倍憂家
山過冬難節到季初
楳無計時至歲尾蠅
生慚滿眸盡藏營
事功成知又在何年

壬寅秋於長安 黃國自抒自書

帝京遊學有感

結緣拜師亦交心京
華雖攜可容身胸涵
熱血生豪氣禮懷敬
意訪賢人取長補短
覓良策化無為有尋
法門鳳願最苦紅塵
客堪憐新紋迭舊紋

壬寅秋於長安 黃國自謷書

七律

黄龙锁苍天

黄沙滚滚满长安，迷失北斗扑眼睑。
细土飞尘蔽日月，罡风碎石过丘山。
杜绝妖雾人憔悴，除却厚霾路途难。
今宵吐纳如酒醉，独鸣苍律向谁弹？

七律

遇扬尘有感

山行不见终南山，扬尘漫落金阁檐。
弱骨哪堪风霜虐，老肺还怯雾霾关。
寒衣屡加愁诗客，铁汉惶然对红颜。
阡陌饿犬声如虎，城乡黎庶盼碧天。

黄龙镇苍天

黄沙滚滚满长安迷,
失北斗扑眼睑细土飞,
飞尘蔽日月罡风碎,
石过丘山杜绝妖雾,
人憔悴今宵除却吐纳如酒,
途难今宵律向谁弹,
醉独鸣苍天。

壬寅秋於长安 亮国自抄自书

遇扬尘有感

山行不见终南山,扬
尘漫落金阁檐弱骨,
哪堪风霜虐老肺还,
怯雾霾关寒衣屡加,
愁待客铁汉惶然对,
红颜阡陌饿犬声如,
虎城乡黎庶盱碧天。

壬寅秋於长安 亮国自抄自书

七律
友聚

吾本江湖浪迹人，幸结贵友避俗门。
手捧芳樽添豪韵，襟怀秋诗惹梦痕。
高师一言含空色，雅语数句有乾坤。
缘深相聚南山醉，情厚千丈不染尘。

七律
大雪涂鸦

大雪惊喜雪落诗，轻揉醉眼叹琼枝。
盼春欲盼梅花早，怨冬常怨蝶梦迟。
犹听荒野狂犬吠，未见稚子嬉戏啼
银笺又作年终赋，吟哦竟成六出词。

注：1.大雪，节气也。
　　2.六出，雪花的另外一个称呼。

吾本江湖浪迹人，结贵友避俗门手捧，芳樽添豪韵襟怀秋，待慈梦痕高师一言，含空缘色雅语数句有，乾坤厚千丈相聚南山，醉情友聚不染尘

友聚 王寅秋於長安 亭國自於自書

大雪惊喜雪落诗轻，揉醉眼歎瓊枝眇春，欲眇蝶梦梅花早怨，怨犬吠未见稚子嬉，狂啼银笔又作年终，戏吟哦竟歲六出词，赋

大雪塗鴉 王寅秋於長安 亭國自於自書

七律

国家公祭日有感

国歌声里祭先人，卅万冤魂泣泪饮。
剑客豪情千古恨，文侠壮志百年耘。
冰心永记腥风日，炼意世愁血雨晨。
勿忘中华往岁痛，首务当强我三军。

七律

恭贺王丹、王凯结婚大喜

霓裳云鬓贴花黄，淡扫蛾眉待晓妆。
堂下双燕衔泥乐，烛前两人诉情长。
蝴蝶阆苑采香蜜，鸳鸯锦衾谱华章。
今时乌发与腰齐，吉日嫁对如意郎。

国家公祭日有感

国歌声里祭先人　万冤魂泣泪饮剑客　豪情千古恨文侠壮　士百年耕冰心永纪　腥风日炼意世愁血　两晨勿忘中华往岁　痛首务当强我三军

壬寅秋于长安　亦国自抄自书

恭贺王丹王凯结婚大喜

霓裳云鬓贴花黄淡　扫蛾眉待晓妆堂下俪　双燕衔泥乐烛前　人诉情长蝴蝶闹苑　采香蜜鸳鸯锦衾膳　华章今时鸟发兴腰　齐吉日嫁对如意郎

壬寅秋于长安　亦国自抄自书

七律
冷冬抒怀

寒潮劲袭寒未央,西风萧瑟凋百芳。
日月孤悬蒙暗罩,雾霾浑厚遮暮阳。
天燥无妨降大雪,薄衾岂事拒严霜?
此季三秦冬正老,鹧鸪一鸣断人肠。

七律
冬至

天地清寒飞雪频,江河冰封柳色泯。
从今白昼千寸短,自此崖冰百丈真。
满目荒烟春梦远,一程羁旅鸟声贪。
愁肠不与芳菲近,幸得梅花慰离人。

寒潮勁襲寒未央西
風蕭瑟凋百芳日月
孤懸蒙暗罩霧霾渾
厚遍暮陽天燥無妨
降大雪薄衾豈事拒
嚴霜此季三秦冬正
老鷓鴣一鳴斷人腸

冷冬抒懷
壬寅秋於長安
亭國自抄自書

天地清寒飛雪頻江
河冰封柳色泯從今
白晝千寸短自此崖
冰百大真滿目荒煙
春夢遠一程羈旅鳥
聲貪愁腸不與芳菲
近幸得梅花慰離人

冬至
壬寅秋於長安
亭國自抄自書

七律

改革开放四十周年感怀

改革开放四十年，江山倏忽换新颜。
横戟枕戈穿屏障，栉风沐雨破篱藩。
雄关漫道真如铁，故垒壁立危似岩。
纵情笔墨书成就，骐骥奋蹄更着鞭！

七律

西京降雪祭友

逍遥飘落自太真，枯枝残叶添精神。
钟鼓楼上妆银羽，下马陵前覆脏尘。
梦里乾坤真应洗，世间阴阳有甄分。
白发友去魂渺渺，天堂多个修禅人。

改革開放四十週年感懷

改革開放四十年江山條忽換新顏橫戈枕戈穿屏障櫛風沐雨破籬藩雄關漫道真如鐵故壘重壁立危似岩縱情筆墨步成就騏驥奮蹄更着鞭

戊戌秋於長安 亭國自抒自書

西京降雪祭友

逍遙飄落自太真枯枝殘葉添精神鐘鼓樓上妝銀羽下馬陵前覆臉塵夢里乾坤真應洗世間陰陽有甄夕白髮友去魂渺渺天堂多個儔禪人

戊戌秋於長安 亭國自抒自書

二〇一九

七律

回首

横刀立马戌戌年，况味情怀说不完。
心潮激荡云和月，碧血沉埋悲与欢。
名就功成无一二，艰难苦涩有千三。
犹记山重多险峻，希冀来年四月天。

七律

小寒忧雾霾

霜重冬寒暗换年，霾来霾去几回旋。
西京城廓暖梦少，街巷黎庶口罩严。
限车及至单双号，禁学已逾幼小关。
结伴呼友无声应，雾嶂狼烟锁长安。

横刀立马戊戌年况味，情怀说不完心潮激荡云和月碧血沉埋悲与欢名就功无一二艰难苦涩有千三犹记山重多险峻希冀来年四月天

回首　壬寅春于长安 亭国自抄自书

霜重冬寒暗换年霾来霾去复回旋西京城廓暖梦少街巷繁庚口罩严限车及至单双号禁学已逾幼小关结伴呼友无声应雾嶂狼烟锁长安

小寒忧雾霾　壬寅春于长安 亭国自抄自书

七律
送暖

嘘寒问暖严冬天,金牌小二到坊间。
调研走访送法策,座谈咨询未清闲。
案上愿景书几摞,梦里情怀已三千。
围炉夜话消块垒,胸藏锦绣蕴大观。

鹧鸪天·腊八

又尝腊八羹与莲,西京雾霾醉若仙。
粥甘难抑肝胆郁,出行掩面口罩严。
薄衾冷,怎胜寒。时愁颏云障终南。
浊酒一杯浇六腑,五味骤起说不完。

噓寒問暖嚴冬天金牌小二到坊間調研走訪送法策座談詢末清閒案上願景書幾摞夢裏情懷己三千圖爐夜話消塊壘胸藏錦綉蘊大觀

送暖

壬寅春於長安 亭園自抒自悠

又嘗臘八羹與蓮西京霧霾醉若傀粥甘難抑肝膽郁出行掩面口罩嚴薄衾冷怠勝寒時愁頰雲障終南澗酒一杯澆心腑五味驟起說不完

鷓鴣天·臘八

壬寅春於長安 亭園自抒自书

七律

戊戌大寒抒怀

四秩最冷大寒天，往事如烟又一年。
江河坚冰十分厚，腊冬红梅万朵鲜。
常叹岁月催人老，顾盼流光生怅然。
夤夜拥衾待春讯，周末难得半日闲。

七律

岁末有感

阴阳驱动日月轮，肺腑吸足沧桑尘。
年初萦怀三千梦，岁尾憾负几十春。
天生傲骨未曾改，斑驳往事不堪寻。
横刀疆场心犹在，期待黄历一页新。

戊戌大寒抒懷

四秩最冷大寒天往事如煙又一年江河堅冰十分厚臘冬紅梅萬朵鮮常歎歲月催人老顧盼流光待春悵然爲夜擁衾待春訊周末難得半日閒

王寅春於長安 榮國自抄自書

歲末有感

陰陽驅動日月輪肺腑吸足滄桑塵縈懷三千夢歲年初負歎十三春天生傲尾憾未曾玫斑駁往事不堪尋橫刀疆場心猶在期待黃曆一頁新

王寅春於長安 榮國自抄自書

七律
年近

分身乏术琐事缠,旦夕奔走亦堪怜。
东厢朗月银泻地,西楼愁人夜难眠。
常见宗主容似墨,鲜有商贾色妆颜。
风尘总把书生误,运蹇何以渡年关?

七律
岁尾

抱枕拥衾细推敲,无眠恐已负清宵。
长天漠漠云凝重,大野沉沉风怒号。
面壁多因结心计,破壁须倚屠龙刀。
岁尾渐有好消息,隐隐春声到帝郊。

年近

夕身乏術瑣事經旦
夕奔走亦堪憐東宿
朗月銀鴻地面樓愁
人夜難眠常見商主
容似墨鮮總有商色
粧顏風塵總把去生
緩運塞何以渡年關

壬寅春於長安
亭國目抄書

歲尾

抱枕擁衾細推敲無
眠恐已負清宵長天
漢漠雲凝重大野沉
沉風怒号面壁多因
結心計歲尾破壁須倚屠
龍刀歲尾漸有好消
息隱隱春聲到帝郊

壬寅春於長安
亭國目抄書

七律

赠尊敬的同事

征战江湖十年灯，披肝沥胆到腊冬。
旦夕辗转费心血，沉浮起落泣雨风。
曾闻事业随人品，自觉襟怀与尔同。
拔剑弹铗期千古，只待梅香悦群雄。

七律

腊月二十六

细雨雾霭写苍茫，腊月终南断雁行。
自衬长年苦名利，犹叹江湖多雪霜。
成败生死凭德厚，兴衰荣辱惟内强。
初心净守如润玉，百花谢尽有梅香。

纵战江湖十年灯披
肝沥胆到腊冬旦夕
辗转费心血沉浮起
落法雨风曾闻事业
随人品自觉襟怀与
雨同拔剑弹铁期千
古只待梅香悦群雄

赠尊敬的同事 壬寅春於長安亭國自抄自書

細雨霧靄罵蒼范臘
月終南斷雁行自衬
長年苦名利猶歎江
湖多雪霜成敗生死
憑德厚興衰榮辱惟
內強初心淨守如潤
玉百花謝盡有梅香

臘月二十六 壬寅春於長安亭國自抄自書

鹧鸪天·塞上友聚

醒堂华府斗十千,为君醉赋鹧鸪天。眉中不写长门怨,餐间偏书宋玉篇。

通妙境,拨心弦。忘了今夕是何年。命里修得缘来聚,难逢贵友须尽欢。

七律
除夕

立春除夕洽相融,寒烟漫卷酒旗风。
火树银花妆街市,琼楼高阁入苍穹。
曲江静影沉玉璧,昆池画舫映云空。
金猪拱门送福祉,欲与梅花报年声。

鷓鴣天·塞上友聚

醒堂華府斗十千為君醉賦鷓鴣天眉中丞寫長門怨餐間遍書宋玉篇通妙境撥心弦忘了今夕是何年命里俯得緣來聚難逢貴友須盡歡

壬寅春於長安 亭國自抄自書

除夕

立春除夕洽相融寒煙漫捲酒旗風火樹高銀花粧銜帘瓊樓影靜閣入蒼穹曲江畫舫映沉玉璧昆池送福雲空金豬拱門報年聲祕欲興梅花報年聲

壬寅春於長安 亭國自抄自書

七律

猪年抒怀

十二属相无须猜，天蓬元帅下凡来。
牛王兔姐龙蛇舞，马队羊群大圣排。
信鸡灵犬方让位，仁猪智鼠又登台。
初心何惧红尘老，吉祥如意泓门开。

七律

正月初五

破五焚香请财神，仙官凡家各结亲。
桃符咒语祈富贵，蓬门爆竹送清贫。
听雪观灯期兆运，泼茶射虎自沉吟。
长安城里春潮动，苍颜未改少年心。

猪年抒怀

十二属相无须猜天蓬元帅下凡来牛王兔姐龙蛇舞马队羊群大圣排信鸡灵犬方镶位仁猪智鼠又登台初心何惧红尘老吉祥如意泓门开

王寅春于长安 亭国自抒自书

正月初五

破五焚香请财神偎官凡家各结桑桃符咒语祈富贵蓬门爆竹送清贫听雪观灯期兆长运潑茶射虎自沉吟长安城里春潮动苍颜未改少年心

王寅春于长安 亭国自抒自书

七律

瑞雪迎新岁

寻辞觅句桌灯前，未知六出落秦川。
幸喜莹雪栖梅树，惊呼琼英覆长安。
期冀征途有雅趣，细思来路亦欣然。
何惧江湖风雨虐，雄心已越十万山。

七律

戏说情人节

寒暑光阴贮天真，常因锱铢费精神。
阳春白雪回俗世，干柴烈火变灰尘。
曾听情侣缠绵曲，未负少年觅侯心。
我本江湖飘零客，怎敢妄称有情人！

瑞雪迎新歲

尋覓句桌燈前未
知六出落秦川幸喜
瑩雪栖梅樹驚呼瓊
英覆長安期冀紀
有雅趣細思來路亦
欣然何懼江湖風雨
虐雄心已越十萬山

王寅春於長安 亨國自撰自書

戲說情人節

寒暑光陰貯天真常
因鎔鐵費精神陽春
白雪田俗世干柴烈
火變灰塵曾聽情侶
纏綿曲來負少年覓
侯心我本江湖飄零
客怎敢妄稱有情人

王寅春於長安 亨國自撰自書

七律

己亥西安"两会"有感

金豕流光逐日新,长安春风叩柴门。
心中热血生豪气,衣上征尘杂酒痕。
利剑济世倚肝胆,铁肩担道守本真。
雅士贤达参国是,纵横捭阖撼昆仑。

七律

己亥元宵节

迎春最喜年味浓,时逢元宵月悬空。
南湖清波楼台近,芙蓉花灯凤烛红。
千阕笙箫蟾光里,万户黎庶笑颜中。
暂将俗务置云外,祈愿吉祥盈汉宫。

己亥西安两会有感

金丞流光逐日新长
安春风叩紫门心中
热血生豪气衣上纪
尘杂酒痕利剑济世
倚肝胆铁肩担道守
本真雅士贤达参国
是纵横押阖撼昆仑

壬寅春作于长安 李国自抄自书

己亥元宵节

迎春最喜年味浓时
逢元宵月悬空南湖
清波楼台近笑蓉花
灯凤烛红千阕笙箫
蟾光里万户黎庶笑
颜中暂将俗务置云
外祈愿吉祥盈汉宫

壬寅春浣于长安 李国自抄自书

七律

纪念对越自卫反击战四十周年

铁甲骁将过关河,烈士忠魂未消磨。
汉边曾经烽烟涨,中华彼时患难多。
数万龙骧酬社稷,几度鏖战止干戈。
风回四十年前路,青山埋骨泪婆娑。

七律

雨水

西京新岁换秀身,雪覆梅枝铸情贞。
霜寄绿竹三分节,寒送青松一缕魂。
造物随心能转物,阳春有脚渐回春。
堪怜厚霾启怨愤,扰了神痴放鸢人。

鐵甲驍將過關河烈
士忠魂赴湯蹈火邊
曾經烽煙中華彼
時患難多數萬龍驤
酬社稷幾度塵戰止
干戈風回四十年前
路青山埋骨淚婆娑

紀念對越自衛反
擊戰四十週年
王寅春於長安
辛園自書

西京新歲換秀身雪
覆梅枝鑄情貞霜寄
綠竹三夕節寒送青
松一縷魂造物隨心
鵑轉物陽春有腳漸
四春堪憐厚靄啟怨
憤擾了神癡放鶯人

雨水
王寅春於長安
辛園自書首

七律

三秦春雨

大秦细雨润愁身,绵脚轻移洗冬尘。
灞上寻柳迷陌路,渭滨观水减却春。
昆明池畔吟汉赋,终南山下缅离人。
世事如景也似梦,点点滴滴看不真。

惊蛰

灞柳扫梅落纷纷,隔夜暖风敲窗频。
嫩草偷涂子虔画,寒苞暗弄伯牙琴。
牛耕阡垄归鸿至,农喜春色布谷吟。
溪山广野姿烂漫,细雨烟花沁幽襟。

三秦春雨

大秦細雨潤愁身，綿綿脚輕移洗冬塵，灞上尋柳迷陌路，渭濱水減却春昆明池畔，吟漢賦終南山下綿，離人世事如景也似，夢點點滴滴看不真

壬寅春於長安 李國目抒自書

驚蟄

灞柳掃梅落紛紛，隔衣暖風敲窗頻芭蕉暗，偷塗伯牙琴虔畫寒，弄伯牙農喜春色布，歸鴻至山廣野姿爛，谷吟溪山廣野，漫細雨煙花沁幽襟

壬寅春於長安 李國目抒自書

七律

咏杏花

枯枝怒放月华新,杏仙又邀赏花人。
灞桥驿外争一诺,终南雪后领三春。
端仪芳影盘绡髻,粉腮玉妆妆娇身。
昨夜梦里已有约,麦黄时节到红尘。

七律

悼念褚时健先生

时情莫论暖与寒,风雨健行筑大观。
勇者必能经挫折,丈夫无颜诉艰难。
毁誉声名曾跌地,躬耕事业竟翻盘。
耄耋依然牛脾气,东山破荆道路宽。

咏杏花

枯枝怒放月華新杏
儍又毆賞花人灞橋
驛外爭一諾終南雪
後領三春端儀芳影
盤綃鬢粉腮玉粧粧
嬌身昨夜夢里已有
約麦黃時節到紅塵

壬寅春於長安 亭國自擬自書

悼念褚時健先生

時情莫論暖與寒風
雨健行築大觀勇者
必能經挫折毀譽無
顏訴艱難毀譽聲名
曾跌地躬耕事業竟
翻盤老耋依然牛脾
氣東山破荊道路寬

壬寅春於長安 亭國自擬自書

排律

生日自题

诗书佐酒休问天,三生石上自在眠。
静思往事如春梦,未料寸心起波澜。
荣辱沉浮似阴阳,聚散离合是笑谈。
卅载岁月风和雨,半生神阅道与禅。
境到无求方为贵,人须有病始相怜。
年年此节许千愿,岁岁即日结万缘。
常憾黉门慧学浅,又喜长剑铁腕悬。
龙借虎威自奋起,临镜依旧是少年。

詩出佐酒休問天三
生石上自在眠靜思
往事如春夢未料寸
心起波瀾榮辱沉浮
似陰陽聚散離合是
笑談世載歲月風和
雨半生神閱道與禪

境到無求方為貴人
須有疾始相憐年年
此節許千願歲歲即
日結萬緣常憶賞門
慧學淺又喜長劍鐵
腕懸龍借虎威自奮
起臨鏡依舊是少年

生日自題　壬寅春於長安　李國自抄自書

七律
友病悟

旦夕奔走植病根,江湖风雨频吹门。
羸体恹恹方悔迟,骄姿飒飒视微尘。
千山固有千山月,万家自供万家神。
任凭禅钟老新岁,做个太极小架人。

临江仙·春分

　　梅花谢了杏花红,碧霄霾去澄明。杨柳婆娑鱼龙舞。双燕归旧巢,向晚风渐清。
　　阴阳昼夜均分中,微霜偶落长亭。书阁楼头青色足。三月春光美,只是太匆匆。

旦夕奔走植病根江湖風雨頻吹門嬴體憨憨方悔遲驕姿颯飆視微塵千山固有千山月萬家自供萬家神任憑禪鐘老新歲做个太極小杂人

友病悟

壬寅春於長安亨國自拟自書

梅花謝了杏花紅碧霄霹靂去澄明楊柳婆娑魚龍舞雙燕歸舊巢向晚風漸清微陰畫夜均多中微霜樓頭青色亭亭三月春光美足是太匆匆

臨江僊春夕

壬寅春於長安亨國自形自書

七律

巡案有感

征程坎坷多苦辛，风雨归途倦意深。
犬儒喜作黄粱梦，草民擅画饼充真。
铮骨一身余傲骨，忧心半世少欢心。
临案睥睨旧书笺，人前不敢称诗人。

七律

清明近

每近清明渐不安，无心树色与花颜。
三春三愁三长喟，一步一诗一潸然。
红尘亲人多悲泪，冥府亡魂添凄寒。
故园十里飘梨雪，裁作家兄梦中船。

巡案有感

征程坎坷多苦辛风雨归途倦意深犬儒心树色与花颜三春喜作黄粱梦草民一身担尽饼充真真铮骨半世少余傲骨忧心半世少欢心临案瞪眼旧贱人前不敢称诗人

壬寅春於长安 亭国自书自书

清明近

每近清明渐不安心树色与花颜三春三愁三长唱一步一诗一潸然红尘亲人多悲泪冥府之魂添凄寒故园十里飘梨雪裁作家兄梦中船

壬寅春於长安 亭国自书自书

七律

祭救火英魂

悲雨恸风聚愁云,遥祭凉山不堪寻。
杜宇啼血三更泪,精卫填海五内焚。
铮骨英灵陷死谷,侠肝义胆化忠魂。
烈士浩气辉日月,逆火前行撼昆仑。

七律

寒食咏介子推

沉功拒赏不恋权,任君大火柱烧山。
事母孝顺感天地,爱才仁礼动坤乾。
年年此时思忌日,岁岁今节祭先贤。
绵山因此更名字,文公重义千古传。

祭救火英雄

悲雨恸风聚愁云遥
祭涤山不堪寻杜宇
啼血三更泪精卫填
海五内焚铮骨英灵
陷死谷侠肝义胆化
忠魂烈士浩气辉日
月逆火前行撼昆仑

壬寅春于长安
英国自抄自著

寒食咏介子推

沉功拒赏不恋权任
君大火柱烧山事母
孝顺感天地爱才仁
礼动坤乾年年此时
思忌绵日岁岁今节祭
先贤绵山因此更名
字文公重义千古传

壬寅春于长安
亨国自抄自著

七律
家事说

孝而难顺受熬煎,家事最易起波澜。
早料痴心遭冷遇,应知苦神付青烟。
隔代城头筑高垛,异念终南垒重关。
枝上啼鸟休烦我,欲倾千杯自可怜。

虞美人·谷雨

  谷雨倾盆打茅屋,春暮向山居。餐风饮露佛门韵,云烟总依溪边松和竹。
  蹙眉执笔问心初,来去怎自如?不弃江湖三尺剑,可信流年未废五车书。

家事

孝而難順受熬煎家事最易起波瀾早料癡心遭冷遇應知苦神付青煙隔代城頭築高垛異念終南墨重開枝上啼鳥休煩我欲傾千杯自己憐

壬寅春於長安 西國自抄自書

虞美人 谷雨

谷雨傾盆打茅屋春暮向山居餐風飲露佛門韻雲煙總依溪邊松和竹蹙眉執筆問心初來去怎自如不棄江湖三尺劍了信流年未廢五車書

壬寅春於長安 卓國自抄自書

七律

杞人悟

今人竟忧古人天,夏虫又愁冰梦残。
前朝痴语撼魂魄,此夜聒噪毁清欢。
空余憔悴污心海,唯有嗟吁成笑谈。
临风只宜做牛饮,管他月缺与月圆。

七律

中国海军节抒怀

人民海军谱华章,纵横捭阖卫海疆。
渔船舢板曾堪陋,铁舰航母已称强。
劈波斩浪驱魔怪,栉风沐雨闯大洋。
碧血丹心千秋立,挽弓必当射天狼!

杞人语

今人竟忧古人天夏
虫又愁冰梦残前朝
痴语撼魂魄此夜聆
噪毁清欢空余憔悴
污心海唯有嗟呼成
笑谈临风只宜做牛
饮管他月缺与月圆

壬寅春於長安
亭國自抄自書

中国海军节抒怀

人民海军谱华章纵
横押闾卫海疆渔船
舢板曾堪陋铁舰航
母己称强劈波斩浪
驱魔怪横风沐雨阔
大洋碧血丹心千秋
立挽弓必当射天狼

壬寅春於長安
亭國自抄自書

七律

暮春夜思

夤夜披衣认旧踪，春到荼蘼烟花空。
终南青嶂疏云霭，渭河寒水照眼红。
额纹已深已无数，前身渐远渐朦胧。
祈愿今夏多真趣，避离坎坷唱大风。

七言

劳动节抒怀

祝福频收脑洞空，五彩夏初送春终。
一试青锋堪磨砺，劳身风云竟懵懂。
动则雄起藏龙虎，节操久持戒蛇虫。
快哉江湖雨搅雪，乐与同侪筑大同。

暮春夜思

黃昏披衣認舊蹤春　到荼蘼煙花空終南　青嶂疏雲靄渭汀寒　水照眼紅額紋已深　已無數前身漸遠漸　朦朧祈顧今夏多真　趣避離坎坷唱大風

壬寅春於長安
亭國自抄自書

勞動節抒懷

祝福頻收臘洞空五　彩夏初送春終一試　青鋒堪磨礪勞身風　雲竟懵懂操動則雄起　藏龍虎節操久持戒　蛇虫快哉江湖雨攬　雪樂與同僚築大同

壬寅春於長安
亭國自抄自書

七律
悟太极

工余闲暇只恋拳,云淡风舒轻万山。
素布长衣沾汗渍,嫩柳绿草听乐阑。
转换自含龙虎意,松沉包容太极间。
勤练须悟三界理,阴阳施福大于天。

七律
立夏有感

万里秦地响雷声,风摇牖外雨未停。
身在羊城友欢聚,心系长安眼观屏。
俏杏桃花入泥土,牡丹月季显芳名。
参商犹豫挑灯晚,启步忐忑如履冰。

悟太极

工余闲暇只惹拳云淡风舒轻万山素布长衰沾汗渍嫩柳绿草聪乐兰转换自含龙虎意松沉包容极间勤练须悟三界理阴阳施福大於天

壬寅春於長安 亨國自书自書

立夏有感

萬里秦地響雷聲風摇幨外雨未停身在羊城友歡聚心繫長安眼觀屏倚杏桃花入泥土牡丹月季顯芳名参商猶豫挑燈晚啟步忐忑如履冰

壬寅春於長安 亨國自书自書

敬母亲

今天是母亲节,重读前年母亲节时我给母亲特作的一首长律《敬母亲》,今天就将此诗再次送给我的母亲及天下所有的母亲,祝节日快乐!

梦里可见憔悴身,地厚天高母最亲。
往昔红颜曾称玉,今朝白发已如银。
育儿养女连肺腑,含辛茹苦费精神。
铁针缝补时光线,陶碗盛来日月珍。
教子成人语似水,慈祥质朴思更纯。
千般呵护万般爱,百样叮咛一样心。
慧性通灵惟崇德,佛门皈依加持深。
冥静常悔言行错,苍眸更怜萱堂纹。
飞雁传信到故园,春晖吐哺顺天伦。
铭记十恩当尽孝,人间无价是娘恩。

夢里可見憔悴身地
厚天高母最親往昔
紅顏曾稱玉今朝白
髮已如銀育兒養女
連肺腑含辛茹苦費
精神鐵針縫補
幾陶碗盛來日月珍

教子成人語似水慈
祥賀朴思更純千般
呵護萬般愛百樣叮
嚀一樣心慧性通靈
惟崇德佛門飯依加
持深冥靜常悔言行
錯著眸更憐萱堂紋

飛鳥傳信到故園春
暉吐哺順天倫銘紀
十恩當盡孝人間無
價是娘恩

敬母親

壬辰春於長安
李澗自珩書

七律

沙尘暴

霾尘肆虐卷黄沙,寸步难行无彩霞。
黑罡刮脸伤鸟兽,草木移位断枝桠。
长天昏暗失真幻,壮士回身丢盔甲。
三丈土丘院后落,埋了皇殿帝王家。

七律

怀思鬼谷子

持身养性亦纵横,心思揣摩就神通。
刚柔之势有阴阳,捭阖独具必峥嵘。
韬光润晦滋天道,皎姣易折作铭钟。
弟子出山乾坤乱,铁马金戈分雌雄。

沙塵暴

霾塵肆虐捲黃沙寸
步難行無彩霞黑壓
剝胎傷烏獸草木移
位斷枝極長天昏暗
失真幻壯士回身丟
盔甲三丈土丘院後
落埋了皇殿帝王家

壬寅春於長安 高國自珍自書

懷思鬼谷子

持身養性亦縱橫心
思揣摩就神通剛柔
之勢有陰陽押闔獨
具必崢嶸韜光潤晙
滋天道岐姣易折作
銘鐘弟子出山乾坤
亂鐵馬金戈兮雌雄

壬寅春於長安 高國自珍自書

七律
无题

忙惯稻粱共曾经,一寸光阴未可轻。
囊中诗稿新笔落,案上书笺旧尘蒙。
喜和友朋纵横论,屑于宵小楚汉争。
但去埋首取经路,莫问西天是几程。

七律
小满

夜莺轻啼月照窗,农夫寄梦阡陌忙。
苦菜回甘入瘦腹,秋麦灌浆腾旧仓。
关中枝头挂繁果,陕南水上插密秧。
莫叹春蚕丝已尽,荷风正拂浣纱娘。

無題

忽慣稻粱共曾經一
寸光陰未可輕囊中
詩稿新筆落樓上少
殘舊塵蒙於宵和友朋
縱橫論眉於首取經
漢爭俱去埋首是發程
路莫問西天

壬寅春於長安
亭國自抄自書

小滿

夜鶯輕啼月照窗農
夫寄夢肝陷忙苦麥
回甘入瘦腹秋麥薩
策騰舊倉關中枝頭插
挂繁果陝南水上
密秧莫歡春蠶絲已
盡薺風匝拂浣紗娘

壬寅春於長安
亭國自抄自書

临江仙·夏雪

　　尊驾回宫却转身,仲夏又降龙鳞。逍遥飘落自太真。终南涵泰宇,太白绝纤尘。

　　熟杏枝头坠仙客,寒夜封冻荷魂。农夫心内似火焚。麦黄待镰动,愁煞收割人。

七律

儿童节有感

荏苒光阴漏指弹,归来依旧是少年。
别院摘杏恐人知,田园偷瓜尽汗衔。
长杆窃枣频得手,软弓袭巢几回翻。
天真岁月藏趣事,童心永在自悠然。

尊驾回宫却转身
仲夏又降龙鳞道
遥飘荡自太真终
南涵泰宇太白绝
纤尘熟杏枝头坠
倦客寒夜封冻荷
魂农夫心内似火
焚麦黄待镰动愁
煞牧割人

临江仙夏雪
壬寅春於長安
亭國自拟自書

莛蒴光陰漏指弹晬
来依舊是少年别院
摘杏恐人知田園偷
瓜盡汗銜长杆窃枣
频得手软弓袭巢篓
田翻天真岁月藏趣
事童心永在自悠然

兒童節有感
壬寅春於長安
亭國自拟自書

七律

悯杏农

关中麦收飘杏香，果农树下售卖忙。
劳累四季忘晨昏，辛苦三餐无阴阳。
干风扑撩灼人面，盛夏决绝怨热狂。
检点银两添多少，薪资微薄愁断肠。

七律

芒种有感

芒种关中响雷惊，搭镰前夕雨如蓬。
终南之北赤霉起，渭北以南天灾生。
夏收夏管成三夏，农村农事连万农。
一载汗水垄上洒，千里麦泣似有声。

悯吉农

關中麦收飄杏香果
農樹下售賣恰勞累
四季忘晨昏辛苦三
餐無陰陽千風撲撩
灼人面盛夏決絕怨
熱狂襲銀兩添多
少薪資微薄愁斷腸

壬寅春於長安
李國自抒自書

芒種有感

芒種關中響雷驚蟄
鑱前夕雨如蓬終南
之北赤霄起渭北以
南天災生夏收夏管
成三夏農村農事連
萬農一戴汗水墾上
灢千里麥泣似有聲

壬寅春於長安
李國自抒自書

七律

端午祭屈原

年年此日祭屈原,门悬艾叶与众欢。
驱除六毒君已逝,读罢九歌心犹寒。
天问浩气山河碎,离骚清韵后辈传。

七律

半载小结

时光倏忽已半年,胸中块垒付笔端。
无为蹉跎惭愧处,才情窘迫银屏边。
思维僵化缘机械,应对流畅岂自然。
拔剑四顾好迷茫,心劲欲逾万重山。

端午祭屈原

年年此日祭屈原門懸艾草與粽歡驅除六妻君已逝續羅九歌心猶寒天問浩氣山河碎離騷清韻後輩傳粽投江海龍舟動流芳青史淚潸然

壬寅春於長安 亭國自抄自書

半載小結

時光倏忽已半年胸中塊壘付筆端無為蹉跎慚愧虛才情追銀屏邊思維僵化緣機械應對流暢豈自然拔劍回顧好迷茫心勁欲逾萬重山

壬寅春於長安 亭國自抄自書

七律

夏夜闲吟

雨过小楼落阶前,打湿南湖朵朵莲。
浊酒倾杯欲独饮,青灯嵌字正熬煎。
缤纷红尘难久住,斑斓世相懒强攀。
淡看眉间鬓色老,漫将诗书阅几番。

七律

致父亲

愿借长风到故乡,躬身代问父安康。
功名累己言非孝,谋略铭心愧是伤。
岁月犹怜枯叶树,皱纹不饶暮年郎。
怅颜滴泪时飞纵,最怕无情日月光。

夏夜閑吟

雨過小樓落階前打
濕南湖朵朵蓮濺酒
傾杯欲獨飲青燈嵌
字已熱巔繽紛紅塵
難久住斑斕世相懶
強攀淡看眉間鬢色
老漫將詩書閱幾番

壬寅春於長安 高國自抄自書

致父親

願借長風到故鄉躬
身代問父安康功名
累己言非孝謀略銘
心愧是傷歲月猶憐
枯葉樹皺紋淌淚時
年郎悵顏滴淚時飛
縱最怕無情日月光

壬寅春於長安 高國自抄自書

七律

无题

蝇头厘事必亲经,一寸光阴不可轻。
商界激浪存良遇,书海遨游慰平生。
振衣弟子须振奋,侧帽先生好侧行。
埋首尽理纵与横,懒问西天有几程。

七律

己亥夏至

又见蛙鸣扰荷魂,灞柳轻摇浥微尘。
折扇殷勤退汗雨,空调辛劳凉暑身。
清蝉多事传俗事,眨眼新闻变旧闻。
千载兴亡皆去也,至今谁能悟三分?

無題

蠅頭厘事必親經一寸光陰不可輕商界激浪存良遇莫出海遠遊慰平生振衣弟子好須振奮側帽先生縱興側紆埋首盡理橫懶問西天有幾程

壬寅春於長安 亨國自拟自書

己亥夏至

又見蛙鳴摵荷魂瀰柳輕搖浥微塵折扇殷勤退暑汗雨空調辛勞凉事眨眼清蟬多事傳俗事眨眼新聞舊聞千載興亡皆去也至今誰能悟三分

壬寅春於長安 亨國自拟自書

七律
闲吟

消愁未尽雨又纷,脚上鞋衔旧时尘。
衣袖微沾昨夜酒,参商多是未名人。
铮骨一身余傲骨,忧心半世少欢心。
头昏脑涨犹提笔,以记薄薪济柴门。

七律
热烈祝贺我党生日

引领风骚近百年,炎黄子民绽笑颜。
雄鸡唱白南湖夜,东方日出赤县天。
情共工农除积弱,崛起中华众意连。
奋发实现强国梦,愿党青春千万年。

閒吟

消愁未盡雨又紛腳
上鞋銜舊時塵衣袖
微沾昨夜酒參商多
是未名人錚骨一身
余傲骨憂心半世少
歡心頭昏腦漲猶提
筆以記薄薪濟柴門

壬寅春於長安 其國自书自書

熱烈祝賀我黨生日

引領風騷近百年炎
黃子民綻笑顏雄鷄
唱白南湖夜東方日
出赤縣天情共工農
除積弱崛起中華衆
意連奮發實現強國
夢願黨青春千萬年

壬寅春於長安 亨國自书自書

七律

小暑近况

出梅入伏暑气蒸,芙蓉影下寂寞灯。
川西频现小地震,辽左犹吹龙卷风。
学子辛勤执百册,寒窗苦读九年功。
难料中考张榜日,谁与孙山撞晚钟?

七律

周末闲吟

晨昏四季心总忙,迷津欲渡寻偏方。
拔剑乌江怜气短,临风沧海怨情长。
尤叹商路多折径,常祈营谋少雪霜。
莫羡他人千事吉,怎个不是苦断肠?

小暑近況

出梅入伏暑氣蒸芙蓉，影下寂寞燈川西。頻現小地震遼左，猶吹龍卷風。學子幸勤執，百冊寒窗苦讀。九年功難料，中考張榜日，誰與孫山撞晚鐘。

壬寅春於長安　亨國自抒自書

週末閒吟

晨昏四季心總忙迷津，欲渡尋偏方。拔劍烏江，怨憐氣短，臨風愴海。怨情長尤歎商路多折，徑常祈營謀少。雪霜莫羨他人，千事吉憑，個不是苦斷腸。

壬寅秋於長安　亨國自抒自書

七律

遇同窗有感

残暑夕照两相侵,踉蹒故园抻我心。
总痴旧地风云起,常忆晴苍岁月亲。
偶遇同窗情太囧,再观面善汗似淋。
惜哉江湖多歧路,经年失联到如今。

七律

七夕之织女篇

昨日酷暑今日秋,织女桥头待阿牛。
百番恩爱此宵在,万般无奈何时休。
星月隐曜遗长恨,夫君别后生离愁。
心藏相思千千结,银瀚渺渺枉凝眸。

遇同窗有感

残暑夕照两相侵,躁踽地风云押我心。总忆睛旧故园偶遇同窗,常憶情蒼歲月親觀面善汗,太囙再惜哉江湖多歧,似淋年失联路经到如今。

壬寅春於長安 亭國自拟自書

七夕之織女篇

昨日酷暑今日秋织,女橋頭待阿牛百番。思愛此宵在萬般無,奈何時夫君別後生曜隱。遺長恨離愁心藏相思,千千結銀瀚渺渺枉疑眸。

壬寅春於長安 真國自书自书

七律

七夕之牛郎篇

无聊王母筑鸿沟,娇妻总在河那头。
长年相思生何趣,每日执守死亦休。
丝雨淋漓诉别痛,鹊桥渐隐现新愁。
明朝又是孤独客,再待来年这一秋。

七律

处暑

西京长夜雨声频,厌听檐下瓦上音。
倚枕憔悴忙追剧,举杯疲倦忘痴嗔。
春草至秋消嫩色,新词刷屏赋愁人。
总被愚氓遮善眼,从来未改性天真。

七夕之牛郎篇

無聊王母築鴻溝嬌妻總在河頭長年相思生何趣每日埶守死亦休絲雨淋漓訴別痛鵲橋漸隱現新愁明朝又是孤獨客再待來年這一秋

壬寅春於長安 亭國自抄自書

慶暑

西京長夜雨聲頻厭聽檐下瓦上音倚枕憔悴忆追劇舉杯疲倦忘痴嗔春草至秋消嫩色新詞刷屏賦愁人總被愚眠遽善眼從來未改性天真

壬寅春於長安 亭國自抄自書

中秋感怀

风雨正洗水云间，时霖泠泠侵薄衫。
满城老翠添烟影，一桌清香透画帘。
挚友静论红尘事，世缘好结合家欢。
银盘珍饼虽寡味，心中明月永久圆。

七律
西安市工商联企业家走进文理学院有感

终南霜树叶渐红，尤叹时令造天工。
文理苑内羡青眼，营谋圈外育苍龙。
黉门师缘凭书近，鸿鹄壮志倚气雄。
回望初心同筑梦，只合今日订新盟。

中秋感懷

風雨正洗水雲間時
霖冷冷侵薄衫滿城
老翠漆畫簾影一桌清
香透盡簾摯友靜論
紅塵事世緣好結合
家歡銀盤珍餅雖寡
味心中明月永久圓

王寅春於長安
亭國自抄自書

西安市工商聯企業家走進文理學院有感

終南霜樹業漸紅尤
歡時令造天工文理
苑內羨青眼營謀園
外育蒼龍廣門師緣
憑多近鴻鵠壯志倚
氣雄田望初心同築
夢只合今日訂新盟

王寅春於長安
亭國自抄自書

排律

秋分

时到秋分依序裁，洒落轻黄一径苔。
终南蒹葭新境界，广野萧瑟尚徘徊。
追名逐利累心神，缘佛思贤悟茶斋。
市声远离寻逸士，洪荒踏遍拒厚霾。
惶恐红尘稻粱谋，期许菩提彼岸开。
自有硬骨做世相，几分秀气到灵台。
且向东风存片段，芙蓉凋后我曾来。
招手流云坦荡荡，不负诗山万古才。

時到秋分依序裁灉
落輕黃一徑苕終南
蕭葭新境界廣野蕭
瑟尚徘細追名逐利
累心神緣佛思賢悟
茶齋市聲遠離尋逸
士洪荒踏遍拒厚靈

惶恐紅塵稻粱謀期
許菩提彼岸開幾自有
硬骨做世相向幾多秀
氣到靈臺且向東風
存片段芙蓉凋後我
曾來招手流雲坦蕩
不負詩山萬古才
秋分

王寅春於長安
英國自擬自書

排律

七秩国庆节抒怀

细数拈来七十秋，丰功伟绩永传留。
征途坎坷斩荆棘，风云激荡灭寇仇。
砥砺前行肝胆照，和衷共济富强谋。
水分南北鲲鹏翔，电向东西日夜流。
航母巡洋千夫赞，玉兔登月万众讴。
江山如画兴国运，阔路通天畅寰球。
初心未忘来时道，蓝图再描妙笔收。
尧德舜治龙腾飞，光耀华夏我神州。

细数拈来七十秋　功伟绩永传留征途　坎坷斩荆棘风云激　荡灭寇仇砥砺前行　肝胆照和衷共济富　强媒水乞南北鲲鹏　翔电向东西日夜流

航母巡洋千夫赞玉　兔登月万象镇江山　如画寰球初心未忘　天畅道蓝图再描　来时牧尧德舜治龙腾　笔光耀华夏我神州

七秩国庆节抒怀

壬寅春於长安
享国自书

七律

为我的母校西工大而作

痴痴总恋母校容,今岁秋光味更浓。
曾记黉门同窗笑,难忘恩师叮咛声。
天安门前扬国威,金水桥畔醉众瞳。
七秩铸就辉煌路,致敬中华育骄龙。

七律

别秋

风雨奔走总无休,别过夏华又别秋。
涔涔汗水湿三衫,缕缕幽寒吹九州。
身姿欹多脸带笑,笈囊米少心含羞。
常越泥淖人易倦,更需温酒洗鬓愁。

痴痴总惹母校客今岁秋光味更浓曾记黉门同窗笑难忘恩师叮咛声天安门前扬园威金水桥畔醉众瞳七秩铸就辉煌路致敬中华育骄龙

为我的母校西工大而作 壬寅秋於长安 亭园自抄自书

风雨奔走总无休别过夏华又别秋涔涔幽汗水湿三衫缕缕寒吹九州身姿欠多脸带笑笺囊米少心含羞常越泥淖人易倦更需温酒洗鬓愁

别秋 壬寅春於长安 亭园自抄自书

排律

国庆大阅兵

一唱雄鸡红日悬，神州昌盛胜空前。
昔时旧貌坎坷路，今朝新颜瑶池天。
七秩华夏阅虎师，三军将士阔步坚。
利器威武长街过，战机呼啸云端穿。
铁甲劲旅震贼寇，热血豪情卷巨澜。
半世沧桑载史册，百年风雨书锦篇。
万里河山祈永固，千载大业计正戡。
共和昭耀安社稷，祖国一统梦必圆。

一唱雄雞紅日懸,
神州昌盛勝空前。
昔時舊貌坎坷路,
今朝新顏瑤池天。
七秩華夏閱虎師,
三軍將士閱步堅。
利器威武長街過,
戰樓呼嘯雲端穿。

鐵甲勁旅震賊寇,
熱血豪情捲巨瀾。
半世滄桑載史冊,
百年風雨歲錦篇。
萬里河山祈永固,
千載大業計正戟(?)
共和昭耀安社稷,
祖國一統夢必圓。

國慶大閱兵

辛寅春於長安 亮國自抄自著

七律

霜降

三秦秋深韵苍茫，阡陌香疏草木黄。
冷菊昂首笑东篱，蛰虫低伏避南墙。
林豺祭兽穴中卧，山兔争食洞里藏。
丹枫着意披红锦，翠竹随心裹绿裳。
雁叫声悲云欲碎，寒风乍起断柔肠。
终南昏蒙迷望眼，昆池潋滟添秀装。
倚栏把酒消块垒，江湖儿女奔走忙。

注：1.南墙，温暖、向阳之地也。

2.昆池，指昆明池，位于西咸新区沣东新城，2017年9月28日盛装开幕，建成后水面面积是杭州西湖的两倍。该池历史上是西汉王朝的皇家水师训练基地。

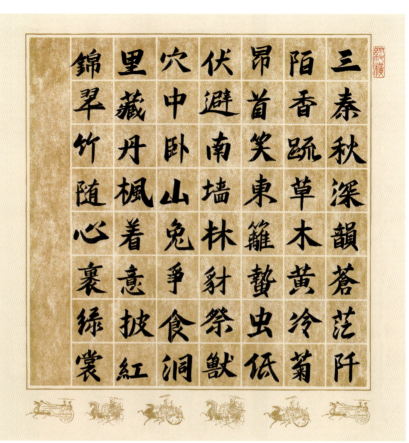

临江仙·巷花影

　　美酒佳肴乐相融,舞榭歌台味浓。良辰仙景宜聚朋。此处颜色好,幻在逍遥宫。

　　芳名已动长安城,深巷难掩花踪。丽影不与别家同。冰心敬尊客,猎猎酒旗风。

七律

小雪抒怀

毛衣秋裤换青衫,薄衾不耐五更寒。
曾忆澄天飘雁影,今忧雾霾锁家山。
节到冬初谋无计,时至岁尾心生惭。
满眸藏尽沧桑雪,功成知又在何年?

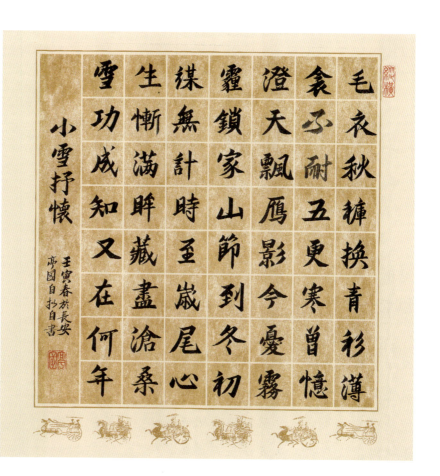

七律

秋日感恩

愧我半生昧夙根，有缘无福入公门。
少时观海情尤热，经年行商业未温。
逢师劈破鸿蒙窍，遇友点开顽石心。
不饮桥头汤一碗，化身凤蝶报君恩。

七律

悦章

风雨兼程岁月稠，旦夕奔走意未休。
肩负重托开伟业，心系初衷展宏猷。
四季辛劳洒汗水，一朝封顶豁明眸。
手执班斧放长歌，豪情可筑百丈楼。

秋日感恩

愧我半生昧风根有
缘无福入公门少时
观海情尤热经年行
商业未温逢师劈破
鸿蒙窥遇友点开顽
石心不饮桥头汤一
碗化身凤蝶报君恩

壬寅春於長安
亭國自抄自書

悦章

风雨兼程岁月稠旦
夕奔走意未休肩负
重托开伟业心系初
衷展宏猷四季辛劳
瀍汗水一朝封顶豁
明眸手执班斧放长
歌豪情可筑百大楼

壬寅春於長安
亭國自抄自書

七律

昨夜友聚

缘若三生幻亦真，今世注定续凡尘。
离合故事听千载，冷暖知己能几人？
闲余友朋花间聚，江湖风雨杯中斟。
百金可求相如赋，万福难寻伯牙琴。

七律

冬练

暮云压城夜色凉，风凋草木蛰虫藏。
萧瑟总衔阳春韵，精神终凭意气狂。
亡羊遗恨补牢笼，砍柴磨刀演周详。
我有太极强筋骨，何惧吴钩挂严霜。

緣若三生幻亦真
世注定續凡塵離合
故事聽千載冷暖知
己能幾人閒餘友朋
花間聚江湖風雨杯
中斟百金可來相如
賦萬福難尋伯牙琴

昨夜友聚

暮雲壓城夜色凉風
凋草木蟄蟲藏蕭瑟
總銜陽春韻精神終
憑意籠砍柴磨刀遺恨
補牢我有太極強筋
用祥我有吳鈎挂嚴霜
骨何懼

冬練

七律

岁杪

前尘旧事扰夜眠，子影执卷不忍翻。
春花凋败余夏果，秋实凝重畏冬寒。
雨雪风霜添趣味，沉浮悲欢视佐餐。
我隔江海徒望月，岁杪只恐一惘然。

临江仙·咏梅

　　曾记阆苑初相见，青涩玉骨脱尘。枯枝梢头绽香纯。风中含羞笑，疑是洛河神。

　　节序匆匆数变幻，年年沉敛精魂。但忧寒霜虐心门。情深多易老，痴尔最伤人。

前塵舊事擾夜眠于
影執卷不忍翻春花
凋敗餘寒夏果秋實凝
重畏冬寒雨雪風霜
添趣味沉浮悲歡視
佐餐我隔江海徒望
月歲抄只恐一惶然

歲抄　壬寅春於長安　亨國自拟自書

曾記閬苑初相見
青澀玉骨脫塵枯
枝梢頭綻香純風
中含羞笑疑是洛
河神節序匆匆數
變幻年年沉敁精
魂但憂寒霜虐心
門情深多易老癡
甫最傷人

臨江僊詠梅　壬寅秋於長安　亨國自拟自書

七律

颂党

南湖七月热流狂,红船举帜谱锦章。
喋血井冈明大义,坐镇陕北驱东洋。
御敌疆场金瓯固,注福炎黄赤县昌。
改革开放强国力,中华圆梦续辉煌。

七律

周末开练

冬深已到三九天,寒彻侵骨怨霜寒。
体弱呃逆肠中苦,鼻横清涕腹内酸。
昔日入梦良人在,今宵折梅霜月残。
强身修心种福德,唯我独尊太极拳。

颂党

南湖七月热流狂红
船举帜谱锦章坐镇陕
井冈明大义御敌疆场
北驱东洋赤
金瓯固注福华
县昌改革开放强国
力中华圆梦续辉煌

壬寅春于长安 亚国自抄自书

周末闲练

冬深已到三九天寒
彻侵骨怨霜寒体弱
呃逆肠中苦鼻横清
涕酸内酸昔日入梦
良人在今宵折梅霜
月残强身偏心种福
德唯我独尊太极拳

壬寅春于长安 亭国自抄自书

后记：澄怀观道 翰墨凝香

诗词、书法同为中华文化艺术之载体，余至知命之年方领略墨韵之妙，实为一大憾事。中国书法具有真、善、美的内涵，习练可以培养毅力，陶冶性情。我虽为书道后学，然笔砚耕田、临池不辍，由唐楷、魏碑此正道入手，故书法笔韵不喜标新立异，不走夸张诳诞之路，以传统为师，本自然之法，踏实挥毫，用心布局。加之所书作品皆为原创诗词，故运笔之际，能随心所欲，使文意与笔意相得益彰。

本书精选于笔者2018年至2019年间创作的诗词，共220余首。其中读书感想部分，有相关注解及出处，其余类多未注解。全部诗词皆于壬寅年学书过程中进行了书法创作，并展示于文字一侧恭请读者雅正。

一部作品面世，它便脱离了作者的掌握，读者可以为自己所需加值利用，只要它不侵害作者的知识产权即可。作者对作品进行的是第一次创作，读者的品味和理解是对作品的再创作，而且读者的这种理解也许还会超过作者创作的初衷。我的读者读我的诗词，有时会告诉我他们特别喜欢的词句，而且会把他们喜欢的理由和理解讲出来。这些理由和对诗词的理解，往往超过我当时的想法，甚至比我的想法更为深入。

本书诗词皆生命力作，有感而发，是士大夫之诗词，而非伶工之诗词，配以自书书法作品，希望读者喜欢。期待读者有更多超越"作者境界"的"读者境界"。

我出生于陕西乾县，自幼家中并不宽裕，而有过短暂教师经历的父亲却喜好购买、收藏文史诗词类旧版线装书籍，并悉心教授我们兄妹三人认读。现在想来，若非严父赓续文化火种的初衷，也就不会有我钻研古典诗词新诠的愿力。在这里首先要感谢的是我的父亲。还要万分感激西北工业大学校长汪劲松先生所给予的鼓励和支持。铭谢陕西省文学艺术界联合会李伯钧书记，能把序文写得如卢藏用为陈子昂写小传般如数家珍。感恩西北工业大学出版社副社长唐小林先生给出版社的倾情推荐，以及出版社的编辑老师们无私的付出，最终促成本书的出版发行。

　　期许这本书真能发挥抛砖引玉的作用，也期盼读者细细品味后的赐教交流。

2022年11月7日